CATALOGUE MENSUEL

(Nouvelle Série, N° 26)

LIBRAIRIE

DE

THÉOPHILE BELIN

29, Quai Voltaire, PARIS

SOMMAIRE

Almanachs royaux. 1775-1776. — *Balzac.* Œuvres, 1855, 20 vol. — Bigarrures ou Stromates, 1764. — *Calmet.* Portraits des ducs et duchesses de Lorraine, 1762. — Costumes de l'Empire russe, 1810. — *Filhol.* Galerie du Musée Napoléon, 1804-1828, 11 vol. — *Gower.* The Lenoir collection, 1874. — Histoire des hommes illustres de la maison de Médicis, 1564. — *La Chenaye-Desbois.* Dictionnnaire de la noblesse, 1863-76, 19 vol. — *La Fayette.* Zayde, 1670-71, 2 vol. — *La Fontaine.* Œuvres, 1822, 7 vol. — *Le Pelletier.* Dictionnaire de la langue bretonne, 1752. — *Le Roy.* Ruines des monuments de la Grèce, 1770, 2 vol. — *Lesson.* Hist. naturelle des Oiseaux, 1829-35, 4 vol. — Livre d'or du Salon de peinture, 1879-91, 13 vol. — *Lorris.* Le Roman de la Rose, 1814, 4 vol. — *Louandre.* Les Arts somptuaires, 1857-58. — — Livre d'heures manuscrit XVᵉ siècle. — *Molière.* Œuvres, 1684, 6 vol. — *Morice.* Hist. de Bretagne et Mémoires, 1742-56, 5 vol. — Office de la Semaine Sainte, 1644 (ex. Louis XIV). — Ouvrages sur la Ville de Paris. — *Saint-Allais.* Nobiliaire universel, 1872-75, 20 vol. — *Simon.* Armorial de l'Empire, 1812. — *Teniers.* Theatrum pictorium, 1658. — Ouvrages sur la Bretagne.

PARIS

LIBRAIRIE THÉOPHILE BELIN

29, QUAI VOLTAIRE, 29

1899

2844. Aglio (A.). Sketches of the interior and temporary Decorations in Woolley-Hall, Yorkshire ; Drawn, painted et etched by A. Aglio. *London, by the artist*, 1821 ; in-fol., demi-rel. chagr. rouge. 15 fr.

Portrait et 20 planches lithographiées.

2845. Album de la Vie parisienne. 1894-1896 ; pet. in-fol. cart. 15 fr.

A la Monaco. — Fantaisies féminines. — Les Coulisses de l'Amour. — Autour de la femme. — L'Amour dans ses meubles. Illustrations de *Bac, Damblans, Cayron, Sahib, Gray, Gerbault, Job, Vallet*, etc.

2846. Album perdu. *Paris*, 1829 ; in-12, br., couv. 8 fr.

ÉDITION ORIGINALE de ce pamphlet attribué à H. Tabaud de Latouche et qui fut republié en 1835 sous le titre de « Pensées et Maximes de M. de Talleyrand, précédées de ses premiers amours et suivies de l'opinion de Napoléon ».

2847. Allom et **Barlett**. Devonshire and Cornwall illustrated, from original drawings by Thomas Allom, W. H. Barlett, etc. with historical and topographical descriptions by J. Britton and E. W. Brayley. *London, Fisher*, 1832 ; in-4, cart. toile. 35 fr.

140 gravures sur acier.

2848. Almanach royal. Année 1775. *Paris, Le Breton*, 1775 ; in-8, mar. rouge, dos orné, fil., tabis, tr. dor. (*Rel. anc.*). 100 fr.

Bel exemplaire aux armes du chancelier MAUPEOU.

2849. Almanach royal. Année bissextile 1776. *Paris, Le Breton*, 1776 ; in-8, mar. rouge, dos orné, fil., tabis, tr. dor. (*Rel. anc.*). 100 fr.

Bel exemplaire aux armes du chancelier MAUPEAU.

2850. Almanach (Petit) des Dames. Troisième année. 1813. *Paris, Rosa* ; pet. in-12, veau, dos orné, dent.; tr. dor. 6 fr.

6 jolies figures.

2851. Amours secrètes des Bourbons depuis le mariage de Marie-Antoinette jusqu'à la chute de Charles X, par la comtesse du C*** (Horace Raisson), *Paris, J. Lefebvre*. 1830 ; 2 vol. in-12, front., cart., *non rognés*. 12 fr.

2852. Amusemens (Les) des gens d'esprit. (Par Pierre-Louis de Massac). *Amsterdam, Arkstée et Merkus*, 1756 ; in-12, bas. 4 fr.

2853. Anthologie des Poëtes latins avec la traduction en français par Eugène Fallex. *Paris Alphonse Lemerre*, 1878 ; 2 vol. pet. in-12, br. 7 fr.

L'un des 25 exemplaires tirés sur PAPIER DE CHINE.

2854. Antrechaus (d'). Relation de la peste dont la ville de Toulon fut affligée en 1721 avec des observations instructives pour la postérité. *Paris, Estienne*, 1756 ; in-12, veau (*Rel. anc.*). 5 fr.

2855. Archon (abbé). Histoire de la chapelle des Rois de France. *Paris, Nicolas Le Clerc*, 1704-1711 ; 2 vol. in-4, veau. 10 fr.

2856. Argens. Mémoires et lettres de M. le Marquis d'Argens. *Londres*, 1748 ; in-12, veau granit. 4 fr.

Aux armes d'OSMOND.

2857. Artamof (Piotre). La Russie historique, monumentale et pittoresque avec la collaboration de Armengaud. *Paris, Lahure*, 1862 ; in-fol., demi-rel. chagrin vert, plats toile, tr. dor. 10 fr.

Tome Ier seul.
Nombreuses et belles illustrations gravées sur bois.
Piotre Artamof est le pseudonyme du comte Lafite de Pelleporc.

2858. Aunillon Delaunay Du Gué. Mémoires de la vie galante, politique et littéraire de l'abbé Aunillon Delaunay Du Gué. *Paris, Collin*, 1808 ; 2 tomes en 1 vol. in-8, bas. 10 fr.

Mémoires aussi intéressants que curieux d'un personnage du temps de Louis XV. Plusieurs notes manuscrites ont été ajoutées.

2859. Avocat (L') du Diable ou mémoires historiques et critiques sur la vie et sur la légende du pape Grégoire VII. Avec des mémoires de même goût sur la bulle de canonization de Vincent de Paul. *Saint-Pourçain, chez Tansin, pas saint*, 1743 ; 3 vol. in-12, veau fauve, dos orné (*Rel. anc.*). 12 fr.

Ouvrage attribué à l'abbé Adam, curé de Saint-Barthélemy à Paris.
Exemplaire portant sur le dos de la reliure l'écureuil, insigne héraldique du maréchal de Belle-Isle.

Achat de Bibliothèques

2860. **Bal** (Le) des Élections par Mme de *** (Rose de Saint-Surin). *Paris, Louis Janet, s. d.* ; pet. in-12, br.   6 fr.

Frontispice et vignette sur le titre.

2861. **Balzac** (Honoré de). Œuvres complètes. *Paris, Alexandre Houssiaux*, 1855 ; 20 vol. in-8, demi-rel. veau rose.   120 fr.

Portrait sur acier et nombreuses figures gravées sur bois d'après *Meissonier, Monnier, Français, Bertall*, etc.

2862. **Balzac** (Honoré de). Théorie de la démarche. *Paris, Didier*, 1853. — Traité de la vie élégante. *Paris, libr. nouvelle*, 1853. — Code des honnêtes gens. *Paris, libr. nouvelle*, 1854. Ens. 3 ouvrages en 1 vol. in-12, demi-rel. chagr. La Vallière, *non rogné*.   9 fr.

ÉDITIONS ORIGINALES. Le Code des honnêtes gens a été écrit en collaboration avec Horace Raisson.

2863. **Barlett** et **Beattie**. The Ports, harbourgs, wattering-places, and coast scenery of Great Britain. Illustrated by wiews taken on the spot by W. H. Barlett ; with descriptions by William Beattie. *London, George Virtue*, 1842 ; 2 vol. in-4, cart. toile.   40 fr.

125 jolies planches gravées sur acier.

2864. **Barthélemy** (de Paris). Histoire de la Bretagne ancienne et moderne. Nouvelle édition. *Tours, Alfr. Mame*, 1868 ; in-8, br. 4 fr.

Figures sur acier.

2865. **Bataille** de Preussisch-Eylau, gagnée par la Grande-Armée, commandée en personne par S. M. Napoléon Ier, empereur des français, roi d'Italie, sur les armées combinées de Prusse et de Russie le 8 février 1807. *Paris*, 1807 ; pet. in-fol., cart.   10 fr.

3 plans et 2 cartes.

2866. **Beeverell** (James). Les Délices de la Grand' Bretagne et de l'Irlande ; où sont exactement décrites les antiquitez, les provinces, les villes, les bourgs, abbayes, églises, collèges, palais, etc. *Leide, Pierre van der Aa*, 1707 ; 8 vol. in-12, veau fauve, dos orné, fil. (*Rel. anc.*).   40 fr.

Frontispices, 211 planches et cartes en taille-douce.

2867 **Bejarry** (Amédée de). Souvenirs vendéens. *Nantes et Paris*, 1884 ; in-8, portr., br.   3 fr.

2868. **Bérenger**. Les Soirées provençales, ou lettres de M. Bérenger, écrites à ses amis pendant son voyage dans sa patrie. *Paris, Nyon*, 1786 ; 3 vol. pet. in-12, veau. 8 fr.

3 jolis frontispices dessinés par *N. Ozanne* et *Hockaert*, gravés par *Fessard*.

2869. **Bernard** (Claude). Arthur de Bretagne, drame inédit en cinq actes et en prose. *Paris, Dentu*, 1887 ; in-8, portr., br.   3 fr.

Ce drame a été écrit par le célèbre physiologiste en 1834 : il avait alors 21 ans.

2870. **Bernardi**. Essai sur la vie, les écrits et les lois de Michel de l'Hopital, chancelier de France. *Paris*, 1807 ; in-8, br.   2 fr.

2871. **Bibliothèque** protypographique, ou librairie des fils du roi Jean, Charles V, Jean de Berri, Philippe de Bourgogne et les siens. (Par J. Barrois). *Paris, Crapelet*, 1830 ; in-4, pl., demi-rel. veau fauve.   18 fr.

2872. **Bigarrures**, ou Stromates sur les livrées et les mœurs cléricales et monacales, 1764 ; 21 opuscules en un vol. in-12, veau marbré. (*Rel. anc.*)   160 fr.

Historica disquisitio de re vestiaria hominis sacri (par l'abbé J. Boileau). *Amstelodami*, 1704. — Les Habits monacal et clérical, historiette de J.-P. Camus, évêque de Belley, 1640. — Histoire critique des Coqueluchons (par D. Cajot). *Cologne (Metz)*, 1762, fig. — Idée du mémoire sur l'ordre des Jacobins, du père Jacob (extrait du Journal de Verdun, avril 1751). — Notice du livre *Reformatorium vitæ morumque et honestatis clericorum* (extrait du Journal de Trévoux, par Mercier). — Lud. Blosii speculum monachorum. *Montibus, J. Grégoire*, 1694. — Le Saint Bernard, d'A. Thevet. — Le Saint Bernard d'A. Godeau (en vers). — Eloge de saint Bernard, par de Cerisiers, 1671. — L'Habit ne fait pas le moine, par Alexis Piron. — Le Chapitre général des cordeliers, par le même (non terminé). — Les Moines, comédie en musique représentée à Mont-Louis, 1709. — Les Gloria Patri, ou Epigrammes de J.-B. Rousseau. — Lettre sur l'esprit jésuitique : Parallèle des capucins et des jésuites, 1717. — Le Jésuite errant, ou lettres du P. Alphonse, jésuite portugais. *Rome*, 1759. — Eloge (à rebours) des jésuites, 1756, *ms.* — Le Supplice de Malagrida et l'extinction des jésuites. 1638. — Traité de l'Ante-Christ, par André Poirier. 1655. — L'Apocalypse hibernois, ou le Trou de Saint-Patrice (extrait du Conservateur). — L'Abbé commendataire, de L.

Petit. — Exquisse du livre de la vie et des mœurs des chanoines de Denys-le-Chartreux (extrait de l'Année littéraire). — Le Tartuffe de Molière.

Recueil formé par JAMET, qui l'a composé d'opuscules ou de fragments de livres imprimés ou manuscrits, auxquels il a ajouté quantité de notes de sa main. On lit celle-ci sur le 1ᵉʳ feuillet : « Renonçant « au monde et à ses pompes, à mes « bouquins anciens et modernes, à qui « de mes amis puis-je donner celui-ci « plus pertinemment qu'à l'aimable M. « Molé ? Le 25 avril 1778. »

C'est certainement l'un des recueils les plus curieux du célèbre annotateur, tant par les pièces qui y sont réunies, que par les notes qu'il y a insérées. De la bibliothèque de M. J. BIGNON.

2873. Bibliothèque des Merveilles. *Paris, Hachette,* 1877-1890 ; 5 vol. in-18, fig., demi-rel. chag. brun 12 fr.

Bouant. Les grands Froids. — *Brevans.* La migration des oiseaux. — *Lanoye.* L'Homme sauvage. — *Menault.* L'Intelligence des Animaux. — *Sonrel.* Le Fond de la mer.

2874. Blanc (Louis). Histoire de dix ans 1830-1840. Cinquième édition. *Paris, Pagnerre,* 1846 ; 5 vol. in-8, veau brun, dos orné.　15 fr.

Portrait et figures sur acier.

2875. Bleuniou-Breïz. Poésies anciennes et modernes de la Bretagne. *Quimperlé, Clairet,* 1862 ; in-8, br.　2 fr.

2876. Boileau. Œuvres de Nicolas Boileau Despréaux, avec des éclaircissements historiques donnez par lui-même. Nouvelle édition revue, corrigée et augmentée, enrichie de figures gravées par Bernard Picart le Romain. *La Haye, Vaillant,* 1722 ; 4 vol. in-12, mar. rouge, dos orné, fil., tr. dor. (*Rel. anc.*) 120 fr.

Bonne édition ornée d'un frontispice, de 6 figures, de vignettes et culs-de-lampe par *Bernard Picart.*

2877. Boissat. Histoire des Chevaliers de l'ordre de S. Jean de Hierusalem contenant leur admirable institution et police, la suite des guerres de la Terre saincte où ils se sont trouvez. Cy devant escrite par le feu S. D. B. S. D. L. (le sieur de Boissat, seigneur de Licieu). Edition augmentée de sommaires sur chaque livre par J. Baudoin. *Paris, Jacques d'Albin,* 1643 ; in-fol., veau.　25 fr.

Portraits en taille-douce. Exemplaire aux armes de Louis du Bois, marquis de GIVRY, grand bailli de Touraine.

2878. Bonnières (Robert de). Mémoires d'Aujourd'hui par Robert de Bonnieres (Janus du « Figaro »). *Paris, Paul Ollendorff,* 1883-1888 ; 3 vol. in-12, cart. toile, *n. rog.* 8 fr.

Première, deuxième et troisième séries.

2879. Bossoli (Carlo). The Beautiful scenery and chief places of interest throughout the Crimea from paintings by Carlo Bossoli. *London, Day,* 1856 ; in-fol., cart.　60 fr.

Titre et 51 planches gravées sur cuivre et très finement coloriées représentant différents sites de Crimée.

2880. Bouillé (comte Henri de). Essais de poésies. *Paris,* 1826 ; in-12, br., couv.　3 fr.

2881. Bouillie pour les Chats, ou galimathias politico-théologico-philosophico-littéraire par un Libéral. *Rome, l'an quarante,* 2 vol. in-8, demi-rel. bas.　30 fr.

Recueil des plus intéressants sur nombre de sujets littéraires et historiques. Le titre indique que ces deux volumes n'auraient été tirés qu'à 6 exemplaires.

2882. Boulainvilliers (comte de). Histoire des Arabes, avec la vie de Mahomet. *Amsterdam, P. Humbert,* 1731 ; 2 tomes en 1 vol. in-12, veau fauve, dos orné. (*Rel. anc.*) 8 fr.

Aux armes du duc DE BRANCAS.

2883. Bourgault - Ducoudray. Trente Mélodies populaires de Basse-Bretagne, recueillies et harmonisées. Avec une traduction française en vers par Fr. Coppée. *Paris, Lemoine,* 1885 ; in-4, br.　5 fr.

Musique avec accompagnement de piano.

2884. Bretagne. Documents relatifs à divers événements qui eurent lieu en Bretagne à l'époque de la Révolution. 1790-1795 ; 30 pièces in-8, brochées.　35 fr.

Procès-verbaux de la société des amis de la constitution de Brest ; lettres relatives à la flotte de Brest, 6 pièces. — Députés de Rennes et pièces relatives à la ville, 6 pièces. — Nantes. Rapport sur Carrier et autres documents, 4 pièces. — Bulletin et procès-verbaux de la Convention relatifs à la Bretagne, 15 pièces.

2885. Bretagne. Procès-verbal des séances de la troisième session du Conseil général du département du

Morbihan. 1791-1792. *S. l. n. d.*, in-4, bas. 18 fr.

Recueil fort intéressant pour l'histoire des institutions républicaines en Bretagne.

2886. **Bretagne.** Recueil de 12 pièces relatives à l'histoire politique de la Bretagne dans les années 1788 et 1789. En un vol. in-8, demi-rel. veau. 30 fr.

Liste de nosseigneurs les Etats de Bretagne, tenant à Rennes, le 23 oct. 1786. — Arrêté de la noblesse de Bretagne du 9 mai 1788. — Mémoire de la noblesse de Bretagne au Roi. 1788. — Mémoire de la noblesse de Bretagne au Roi du 26 mai 1788. — Arrêt de la Cour de Parlement rendu les Chambres assemblées les pairs y séant. 1789. — Procès-verbal de l'assemblée générale du Tiers-Etat de la sénechaussée de Lesneven. 1789. — Les Vices découverts ou avis à mes concitoyens. 1789. — Le Cousin de la Sentinelle du peuple. — Mémoires mis sous les yeux du roi par les députés du Tiers-Etat de Bretagne. — La Sentinelle du peuple, n° 1 V (par Volney). — La véritable Sentinelle du peuple (par l'abbé de Fajolles.) — Réponses de M. Drouin.

2887. **Breton de la Martinière.** La Chine en miniature, ou choix de Costumes, Arts et Métiers de cet empire. *Paris, Nepveu*, 1811-1812, 6 vol. in-12, demi-rel. mar. bleu, *non rognés*. 30 fr.

102 jolies figures très finement coloriées.

2888. **Briffault** (Eugène). Le duc d'Orléans, prince royal. *Paris, Ildefonse Rousset,* 1842 ; in-16, br., couv. 2 fr.

Portrait sur Chine.

2889. **Brin** (V.). Guerres maritimes de la France : port de Toulon, ses armements, son administration depuis son origine jusqu'à nos jours. *Paris, Plon,* 1861 ; 2 vol. in-8, demi-rel. veau vert. 5 fr.

2890. **Buhez** santez nonn, ou vie de Sainte Nonne et de son fils Saint Devy (David), mystère composé en langue bretonne antérieurement au XIIᵉ siècle, par l'abbé Sionnet et accompagné d'une traduction littérale de M. Legonidec. *Paris, Merlin,* 1837 ; in-8, br. 4 fr.

2891. **Bulau** (Frédéric). Personnages énigmatiques. Histoires mystérieuses, événements peu ou mal connus. Traduits de l'allemand par W. Duckett. *Paris, Poulet-Malassis et de Broise,* 1861; 3 vol. in-12, demi-rel. veau fauve, dos orné, tr. rouge. 10 fr.

2892. **Caillo** jeune. Notes sur le Croisic. *Nantes, Forest,* 1842 ; in-8, br. 3 fr.

2893. **Calmet** (Dom). Suite des portraits des ducs et duchesses de la maison royale de Lorraine, dessinés et gravés d'après les médailles de S. Urbain par les plus habiles maîtres de Florence, avec la dissertation historique et chronologique de dom Augustin Calmet, abbé de Senones. *Florence, Fr. Moucke,* 1762-1763 ; 2 tomes en un vol. in-fol., veau fauve, dos orné, fil., tr. dor. (*Canape-Belz*). 180 fr.

Très bel exemplaire renfermant 2 vignettes en-têtes, 80 planches sur cuivre dont 65 portraits, 2 frontispices et 13 pl. diverses.

2894. **Camoëns.** Les Lusiades, ou les portugais, poëme de Camoens, en dix chants. Traduction nouvelle avec des notes par J.-B.-J. Millié. *Paris, Firmin Didot,* 1825 ; 2 vol. in-8, demi-rel. veau fauve, dos orné, *non rognés*. 5 fr.

Les deux titres portent « tome second ».

2895. **Castille** (Hippolyte). Portraits historiques au dix-neuvième siècle. *Paris, F. Sartorius et Dentu,* 1856-1862 ; 79 fasc. in-12, portr. et autographe, br. 25 fr.

PREMIÈRE ET SECONDE séries. — Manque le fascicule 47 de la 1ʳᵉ série.

2896. **Castille** (Hippolyte). Portraits historiques au dix-neuvième siècle. *Paris, Sartorius et Dentu,* 1856-1862 ; 67 fasc. in-12, portr. et autographe, br. 20 fr.

PREMIÈRE ET SECONDE séries. — Manquent les fascicules 38, 40, 44, 45, 46, 47, 48, 50 de la 1ʳᵉ série, et les fascicules 11, 14, 15, 16, 19 de la 2ᵉ série.

2897. **Catalogue** de la bibliothèque de M. Félix Solar. *Paris, Techener,* 1860 ; in-8, demi-rel. dos et coins de chagr. rouge, tête dor., *non rogné*. 8 fr.

Prix ms. d'adjudication.

2898. **Catalogue illustré.** Première exposition bretonne-angevine. Catalogue des ouvrages exposés à la salle Petit du 25 mai au 25 juin 1888. *Paris,* 1888 ; in-4, br. 3 fr.

Portraits et vignettes.

2899. **Causes** amusantes et connues (recueillies par Robert Estienne).

Et de Livres anciens et modernes

A Berlin (Paris), 1769-1770; 2 vol. in-12, veau marbr. (*Rel. anc.*). 15 fr.

Jolies figures gravées en taille-douce.

2900. **Caussidière.** Mémoires de Caussidière, ex-préfet de police et représentant du peuple. *Paris, M. Lévy*, 1849; 2 tomes en 1 vol. in-8, demi-rel. bas. bleue.   8 fr.

2901. **Cayot-Delandre.** Le Morbihan, son histoire et ses monuments. *Vannes et Paris*, 1847; in-8, br.   6 fr.

2902. **Cervantès.** Œuvres de Cervantes, traduites de l'espagnol par H. Bouchon Dubournial. Persilès et Sigismonde ou les Pelerins du Nord. *Paris, Méquignon-Marvis*, 1882; 2 vol. in-8, demi-rel. veau, dos orné, *non rognés*.   4 fr.

Figures de *A. Desenne*.

2903. **Challamel** (Augustin). Précis d'histoire de France depuis les origines jusqu'à 1883. *Paris, Alphonse Lemerre*, 1883; pet. in-12, br. 5 fr.

L'un des 5 exemplaires tirés sur PAPIER DE CHINE.

2904. **Champfleury.** Balzac au collège. *Paris, Patay*, 1878; in-16, br.   4 fr.

2905. **Chansons.** XVe livre de Chansons pour danser et pour boire. *Paris, Robert Ballard*, 1646; pet. in-8, mar. vert, dos orné, fil., tr. dor. (*David*).   50 fr.

Ce recueil renferme 46 chansons par Mollier, Boyer, Beaulieu et autres. Bel exemplaire.

2906. **Chansons.** Nouveau recueil de Chansons choisies avec les airs notés. *A Genève*, 1785; 3 vol. in-16, veau, dos orné, dent. (*Rel. anc.*) 15 fr.

2907. **Chansonnier** historique du XVIIIe siècle. Publié avec introduction, commentaire, notes et index, par Emile Raunié. *Paris, Quantin*, 1879-1884; 10 vol. in-12, cart., *non rognés*.   45 fr.

Recueil Clairambault-Maurepas orné de portraits à l'eau-forte par *Rousselle* et *Rivoalen*.

2908. **Chansonnier nouveau.** Recueil de diverses chansons populaires par Arnaud, Audiffred, Vissière, etc. *Paris, vers* 1846; in-12, mar. rouge jans., tr. dor. (*Belz-Niedrée*).   15 fr.

2909. **Chants** et chansons de la Bohême. *Paris, Bry*, 1853; in-12, br.   4 fr.

Chansons de Murger, Dupont, Mathieu, Vincent, Bry, Barré, Delvau, Duvernoy, Chatillon, etc.
26 dessins de *Nadar*, gravés sur bois.

2910. **Chronique scandaleuse** (la) ou Mémoires pour servir à l'histoire de la génération présente. Nouvelle édition considérablement augmentée et renfermant les anecdotes les plus piquantes que l'histoire secrète des sociétés a offertes. *Paris*, 1785-1791 ; 5 vol. in-12, demi-rel. dos et coins de mar. citron, dos orné, tête dor., *non rog.* (*David*).   60 fr.

Bel exemplaire de cette rare collection.

2911. **Clerc** (L.). Manuel de l'amateur de Fromage et de beurre, ou l'art de préparer à peu de frais toutes espèces de fromages connues soit en France, soit dans les pays étrangers. *Paris*, 1828; in-16, br., couv.   5 fr.

Frontispice en couleur.

2912. **Colas** (Charles). Coqs et Vautours. 40 illustrations de Berne-Bellecour, G. Jeanniot, H. Dupray, Ferd. Bac, Kauffmann et Clérice. *Paris, Aug. Ghio*, 1885 ; in-8, br.   3 fr.

2913. **Colborne** et **Brine.** Memorials of the brave ; or resting places of our fallen heroes in the Crimea and at Scutari by captains the hon. John Colborne, 60th royal rifles, late 77th regiment ; and Frederic Brine, royal engineers. Second édition. *London, Ackermann*, 1858 ; in-4, cart. toile, fers spéciaux, tr. dor.   10 fr.

Ouvrage illustré da lithographies et donnant l'épigraphie funéraire des soldats anglais morts et inhumés en Crimée.

2914. **Commequiers** (Ch. de). Chroniques bretonnes des XIIIe, XIVe et XVe siècles. *Paris, Bousquet*, 1833 ; in-8, br.   4 fr.

2915. **Commerson.** Les Binettes contemporaines par Joseph Citrouillard, revue par Commerson. *Paris, Havard*, 1858 ; 4 vol. in-12, br., couvert. ill.   12 fr.

Illustré de 72 portraits d'après *Nadar*.

Achat de Bibliothèques

2916. **Conquête** de l'Algérie. Album pet. in-fol. obl., demi-rel. chagr. brun.   12 fr.

> 32 planches gravées sur acier et tirées des « Galeries de Versailles » publiées par Gavard.

2917. **Contes** bretons recueillis et traduits par F. M. Luzel. *Quimperlé*, 1870 ; in-8, br.   2 fr.

2918. **Contes populaires** des anciens Bretons, précédés d'un essai sur l'origine des épopées chevaleresques de la table ronde par Th. de la Villemarqué. *Paris, W. Coquebert*, 1842 ; 2 vol. in-8, br. 12 fr.

2919. **Cornulier** (Ernest de). Essai sur le Dictionnaire des terres et des seigneuries comprises dans l'ancien comté Nantais et dans le territoire actuel du departement de la Loire inférieure. *Paris et Nantes*, 1857 ; in-8, br.   5 fr.

2920. **Corps** d'observations de la société d'agriculture, de commerce et des arts, établie par les Etats de Bretagne. Années 1759 et 1760. *Paris, Brunet*, 1772 ; in-8, veau.   4 fr. 50

> Exemplaire aux armes des ETATS DE BRETAGNE.

2921. **Costumes** de l'Empire russe, représenté en plus de soixante-dix gravures superbement coloriées. *Londres, Stockdale*, 1810; gr. in-4, cuir de Russie.   100 fr.

> Frontispice et belles planches en couleur. — Texte anglais et français.

2922. **Costumes.** The Military Costume of Turkey ; illustrated by a serie of engravings, from dravings made on the spot. *London, Thomas M' Léan*, 1818 ; in-4, mar. rouge, dos orné, dent., tr. dor.   50 fr.

> Portrait et 30 planches en couleurs, gravées en taille-douce.

2923. **Courteline** (Georges). Messieurs les ronds de cuir, tableaux-roman de la vie de bureau. Préface par M. Schwob. *Paris, Marpon et Flammarion, s. d.* ; in-8, fig., cart., *non rogné*.   3 fr.

2924. **Coxe.** Les Nouvelles découvertes des Russes entre l'Asie et l'Amérique. *Paris*, 1781; in-4, veau, dos orné, fil.   10 fr.

> Cartes en taille-douce. Exemplaire aux armes royales.

2925. **Cruels** effets de la vengence du cardinal de Richelieu, ou histoire des diables de Loudun et du supplice du curé Urbain Grandier. (Par Aubin). *Amsterdam, Et. Roger*, 1716 ; in-12, front., veau (*Rel. anc.*).   8 fr.

2926. **Cumberland.** Traité philosophique des loix naturelles, traduict du latin par M. Barbeyrac. *Amsterdam, Mortier*, 1744 ; in-4, front., veau marbr.   10 fr.

2927. **Cunat** (Ch.). Histoire de Robert Surcouf, capitaine corsaire. *Paris, J. Chapelle, s. d.* ; in-8, cart. toile.   10 fr.

> Portrait et lithographies par *Morel Fatio* et *Bardin*.

2928. **Dampmartin** (A.-H.). Quelques traits de la vie privée de Frédéric-Guillaume II, roi de Prusse. *Paris, Renard*, 1811 ; in-8, bas. 3 fr.

2929. **Daschkoff** (Princesse). Mémoires de la Princesse Daschkoff, dame d'honneur de Catherine II, Impératrice de toutes les Russies ; écrits par elle-même ; avec la correspondance de cette impératrice et d'autres lettres ; publié sur le manuscrit original par Mistress W. Bradfort. Traduit de l'anglais par M. A. des Essarts. *Paris, Franck*, 1859 ; 4 vol. in-12, cart. toile, *non rognés*.   12 fr.

2930. **Debrun des Beaumes.** Tableau méthodique de tous les genres de Productions naturelles qui se trouvent en France. *Paris, Adrien Egron*, 1812 ; in-8, br.   2 fr.

2931. **Delaporte.** Recherches sur la Bretagne. *Rennes, Vatar*, 1819-1823 ; 2 vol. in-8, br.   10 fr.

2932. **Delille.** Œuvres de Jacques Delille. *Paris, Giguet et Michaud*, 1802-1812 ; 19 vol. in-8, fig., veau racine, dos orn., dent. (*Rel. anc.*) 50 fr.

> Bel exemplaire orné de 38 figures comprenant : Poésies fugitives, 1802, 1 portrait par *Saint-Aubin* et 1 fig. par *Boizot*. — La Pitié, 1803, 4 fig. par *Monsiau*. — Les Géorgiques, 1804, 1 portr. par *Pujos* et 4 fig. par *Moreau*. — L'Enéide, 1804, 4 fig. par *Moreau*. — L'Homme des champs, 1805, 4 fig. par *Catel*. — L'Imagination, 1806, 3 fig. par *Mirys*, 1 par *Lebarbier* et 1 par *Monsiau*. — Les Jardins, 1808, 1 fig. par *Monsiau*. — Les trois Règnes de la Nature, 1808, 5 fig. par *Mirys* et 1 par

Moreau. — La Conversation, 1812, 1 fig. par *Girodet*, 1 par *Taunay* et 1 par *Leroy*. — Essai sur l'homme, 1820, 2 fig. de *Pope* et *Mirys*. — Œuvres posthumes, 1821, 2 fig.

2933. Deyeux. Le Vieux Chasseur. *Paris, Plon, s. d.;* in-16, br., couv. 2 fr. 50

Vignettes sur bois.

2934. Dictionnaire des Immobiles, par un homme qui jusqu'à présent n'a rien juré et n'ose jurer de rien. *Paris,* 1815 ; in-8. br. 3 fr.

Cet opuscule est de A. J. Quentin Beuchot.

2935. Dictionnaire théorique et pratique de Chasse et de Pêche (par Delisle de Sales). *Paris, Musier,* 1769 ; 2 vol. in-12, demi-rel. dos et coins de mar. bleu, dos orné et mosaïqué, tr. rouge. 15 fr.

Bel exemplaire de cet ouvrage estimé.

2936. Didot (Firmin). Annibal, tragédie en cinq actes. *Paris, impr. de Firmin Didot,* 1817; in-8, br. 4 fr.

2937. Dissertation sur les Cornes antiques et modernes, ouvrage philosophique dédié à MM. les sçavans, antiquaires, gens de lettres, poëtes, avocats, censeurs, bibliothécaires, imprimeurs, libraires, etc. *Paris,* 1786; in-8, cart., *non rogné.* 10 fr.

Ouvrage rare attribué à Fr. Vieih de Boisjolin.

2938. Dolgoroukow (Prince Pierre). La Vérité sur la Russie. *Leipzig, A. Franck,* 1861 ; 2 vol. in-12, cart. toile, *non rognés.* 7 fr.

2939. Doremet (Jacques), sa vie et ses ouvrages, avec de nouvelles recherches sur les premières impressions malouines par F. Jouon des Longrais. De l'antiquité d'Aleth ensemble de la ville de S. Malo, etc. *Rennes, Plihon et Hervé,* 1894 ; pet. in-8, br. 7 fr.

Tiré à 110 exemplaires.

2940. Du Barry (Comtesse). Anecdotes sur M. la Comtesse du Barry (par Pidansat de Mairobert). *Londres,* 1775. — Remarques sur les anecdotes de Mme la comtesse du Barry, par Mme Sara G. (Goudar). *Londres,* 1777. — Les Plaisirs de la Ville et de la Cour, ou réfutations des anecdotes et précis de la vie de Mme la comtesse du Barry,

écrits par elle-même. *Londres,* 1778. Ens. en 2 vol. in-12, veau. 12 fr.

2941. Du Bellay (Martin). Les Mémoires de Mess. Martin du Bellay, seigneur de Langey, contenant le discours de plusieurs choses avenuës au royaume de France depuis l'an 1513 jusques au trépas du roy François premier, ausquels l'autheur a inséré trois livres et quelques fragmens des Ogdoades de Mess. Guillaume du Bellay, seigneur de Langey, son frère. *Paris, Pierre l'Huillier,* 1573 ; in-8, mar. brun, fil. à froid, tr. dor. (*Lortic*) 60 fr.

Très bonne édition. Taches.

2942. Du Chatellier. L'Agriculture et les classes agricoles de la Bretagne. *Paris, Guillaumin,* 1863 ; in-8, br. 3 fr.

2943. Ducher. Coutumes générale et locales de Bourbonnois, avec des notes. *Paris,* 1781 ; in-12, mar. rouge, dos orné, ûl., tr. dor. (*Rel. anc.*) 35 fr.

Exemplaire aux armes.

2944. Du Fouilloux (Jacques). La Vénerie de Jacques Du Fouilloux, seigneur dudit lieu, gentil-homme du pays de Gastine, en Poictou, dédié au Roy. De nouveau reveüe, augmentée de la méthode pour dresser et faire voler les oyseaux, par M. de Boissoudan, précédée de la biographie de Jacques du Fouilloux, par M. Pressac. *Niort, Robin et L. Favre,* 1864 ; in-4, portr. et fig., br. 20 fr.

Taches d'huile sur la couverture.

2945. Duhamel du Monceau. Du Semis et plantations des Arbres et de leur culture ; ou méthode pour multiplier et élever les arbres, les planter en massifs et en avenues. *Paris, Guérin et Delatour,* 1760 ; in-4, veau marbr. (*Rel. anc.*) 20 fr.

Planches en taille-douce.

2946. Du Plessis de Grenédan. Etat de la Noblesse bretonne déclarée d'ancienne extraction par la Chambre de Parlement de Bretagne chargée de la reformation de 1668-71. *Rennes, Molliex,* 1844 ; in-8, br., couv. ill. 5 fr.

Achat de Bibliothèques

2947. **Duval** (Émile). Talma. Précis historique sur sa vie, ses derniers momens et sa mort. *Paris, Mansut,* 1826 ; in-16, portr., br. 2 fr.

2948. **Dyckens**. Les Contes de Noël. Le Grillon du foyer et la voix des cloches, traduits de l'anglais de Dyckens (par A. Joanne). *Paris,* s. d. (1847); in-16, br. 3 fr.

Jolies vignettes sur bois.

2949. **Écho** (L') des Salons de Paris depuis la Restauration, ou recueil d'anecdotes sur l'ex-empereur Buonaparte, sa cour et ses agens (par J.-T. Verneur). *Paris, Delaunay,* 1814-1815;3vol.in-12,demi-rel.20fr.

2950. **Egerton**. The Life of Thomas Egerton, lord chancellor of England. Pet. in-fol., veau fauve, dos orné, dent. 10 fr.

Ce volume, sans titre et sans terminaison, est un recueil, imprimé vers 1825, de tous les extraits d'ouvrages ou autres documents concernant la vieille famille anglaise des Egerton.

2951. **Éloge** de l'Enfer, ouvrage critique, historique et moral (par Bernard). *La Haye, Pierre Gosse,* 1759 ; 2 vol. in-12, chagrin vert, dos orné, fil. à froid, tr. dor. 25 fr.

Bel exemplaire orné de vignettes gravées par *G. Sibelius.*

2952. **Encontre**. Lettre à M. Combes-Dounous, ex-législateur, auteur de l'essai historique sur Platon. *Paris, Vᵉᵉ Nyon,* 1811 ; in-8, br. 2 fr.

Étude philosophique inspirée par l'ouvrage de Combes-Dounous.—Papier vélin.

2953. **Epictète**. Le Manuel d'Epictète, nouvellement traduit du grec par Gabriel Brotier. *Paris, Mérigot, an II* (1794) ; in-8, veau. 3 fr.

2954. **Ermitage** (L'). Revue mensuelle et littéraire. *Paris,* 1891 à 1896 ; 12 vol. gr. in-8, demi-rel. dos et coins de mar. rouge, tête dor., *non rognés.* 50 fr.

Reliure neuve.

2955. **Essais** historiques sur la ville et le pays de Laval, en la province du Maine, par un ancien magistrat de Laval. Essai sur le régime féodal. (Par Duchemin de Villiers). *Laval, impr. de Feillé-Grandpré,* 1837 ; in-8, br. 2 fr.

2956. **Estaintot** (Robert d'). La

Ligue en Normandie, 1588-1594. Avec de nombreux documents inédits. *Paris, Aug. Aubry,* 1862 ; in-8, br. 4 fr.

2957. **Étrennes lyriques** anacréontiques. Années 1793 et 1794. *Paris, l'Auteur,* 1793-1794 ; 2 vol. pet. in-12, mar. rouge, dos orné, fil., tr. dor. (*Rel. anc.*). 50 fr.

Recueils de chansons ornés de 2 figures de *Monnet,* gravées par *Ponce.*

2958. **Eudel** (Paul). Les Locutions nantaises. *Nantes, Morel,* 1884 ; in-16, br. 4 fr.

Texte encadré d'un filet rouge. Tiré à 301 exemplaires.

2959. **Événement** (L') parisien illustré. Rédacteur en chef : Carl Max. *Paris,* 1880-1881 ; 34 numéros, in-fol., cart., *non rogné.* 12 fr.

On a relié à la suite : Alphonse et Nana, 1 nᵒ. — Le Faublas, 8 nᵒˢ. — Le Parisien illustré, 7 nᵒˢ. — Le Priape, 1 nᵒ. — Journal des abrutis, 13 nᵒˢ, et l'Esprit gaulois, 3 nᵒˢ.

2960. **Fantin-Desodoards**. Histoire philosophique de la Révolution de France, depuis la première Assemblée des Notables jusqu'à la paix de 1801. *Paris, Belin,* 1801 ; 9 vol. in-8, portr., bas. 30 fr.

2961. **Fastes** (Les) de Louis XV, de ses ministres, maîtresses, généraux, et autres notables personnages de son règne (par Bouffonidor). *Villefranche, chez la veuve Liberté,* 1782; 2 vol. in-12, mar. brun jans., tête dor., *non rognés.* 25 fr.

Ouvrage renfermant des détails des plus intéressants sur le règne de Louis XV.

2962. **Fauvelet du Toc**. Histoire des Secrétaires d'Estat, contenant l'origine, le progrès et l'établissement de leurs charges, avec les éloges, les armes, blasons et généalogies de tous ceux qui les ont possédées jusqu'à présent. *Paris, Ch. de Sercy,* 1668 ; in-4, veau. 30 fr.

Grandes armoiries gravées sur bois.

2963. **Favre** (Jules). Anathème. *Paris, L. Babeuf,* 1834 ; in-8, demi-rel. chagr. rouge, tête dor., *non rogné.* 8 fr.

Rare.

2964. **Fertiault** (F.). Histoire anecdotique et pittoresque de la Danse chez les peuples anciens et modernes. *Paris, Aubry,* 1854 ; in-16, br., couv. 4 fr.

2965. Fiervielle (Ch.). Histoire de Quimper. *Paris, Hachette,* 1864 ; in-8, front., d.-rel. chagr. vert. 4 fr.

2966. Filhol. GALERIE DU MUSÉE NAPOLÉON, publiée par Filhol, graveur, et rédigée par Lavallée (et Caraffe). *Paris, Filhol,* 1804-1815 ; 10 vol. — Galerie du Musée Français, publiée par Filhol. Le texte rédigé par Lavallée et continué par A. Jal. *Paris, veuve Filhol,* 1828. Ens. 11 vol. in-4, portr. et fig., mar. rouge, dos orné, comp. de fil., tête dor., *non rognés.* 1500 fr.

Magnifique et rare exemplaire sur GRAND PAPIER VÉLIN, contenant la suite des 792 figures AVANT LA LETTRE.

Le 1ᵉʳ volume ayant été publié de format in-8, a, ainsi que tous les exemplaires en grand papier, toutes ses planches remontées à châssis.

2967. Florine ou l'illustre veuve persécutée, histoire véritable. Par J. P. B. R. (Piqué). *Paris, J. Roger,* 1645 ; in-12, demi-rel. dos et coins de chagr. Lavallière, dos orné, tr. dor. 10 fr.

Raccommodage au titre.

2968. Fouquet (Dʳ Alfred). Des Monuments celtiques et des ruines romaines dans le Morbihan. *Vannes, Cauderan,* 1853 ; in-8, br. 2 fr.

2969. Fourmont. Réflexions sur l'origine, l'histoire et la succession des anciens peuples Chaldéens, Hébreux, Phéniciens, Egyptiens, Grecs, etc., jusqu'au temps de Cyrus. Nouvelle édition augmentée de la vie de l'auteur. *Paris, De Bure,* 1747 ; 2 vol. in-4, veau, tr. rouge. 15 fr.

Notes manuscrites dans les marges.

2970. Fourmont (H. de). Histoire de la Chambre des Comptes de Bretagne. *Paris, Signy et Dubey,* 1854 ; in-8, br. 3 fr.

2971. France mourante (La). Consultation historique, à trois personnages : le chancelier de l'Hopital ; le capitaine Bayard, dit le chevalier sans reproches ; la France malade. *Se trouve chez tout le monde et principalement à l'hospice de la rue de Grenelle S. Germain (Paris,*

Crapelet), 1829 ; gr. in-8, demirel. veau. 10 fr.

Réimpression de l'édition publiée vers 1620, d'un ouvrage attribué par le P. Le Long au cardinal de Richelieu.

Un des 21 exemplaires sur GRAND PAPIER VÉLIN.

2972. Frégier (H.-A.). Des Classes dangereuses de la population dans les grandes villes, et des moyens de les rendre meilleures. *Paris, J.-B. Ballière,* 1840 ; 2 vol. in-8, demi-rel. veau fauve. 7 fr.

2973. Freminville. Antiquités de la Bretagne. Côtes-du-Nord. *Brest, Lefournier,* 1837 ; in-8, br. 4 fr.

Portrait et 11 lithographies.

2974. Freminville. Antiquités de la Bretagne. Finistère. *Brest, Lefournier et Deperiers,* 1832-1835 ; 2 vol. in-8, cart. toile. 10 fr.

Ouvrage illustré de lithographies.

2975. Frond (Victor). Panthéon des illustrations françaises au XIXe siècle. Famille d'Orléans et notabilités du règne du roi Louis-Philippe. Introduction par Jules Janin. *Paris, Abel Pilon, s. d.* (1873) ; gr. in-4, demi-rel. chagr. rouge, plats toile, tr. dor. 45 fr.

43 portraits lithographiés du roi, de la reine, des princes et princesses d'Orléans et des personnages les plus marquants du règne.

2976. Galerie des plénipotentiaires au congrès de Paris. Photographies par MM. Mayer frères et Pierson, accompagnées de notice historiques et biographiques et suivies du traité de paix. *Paris, Bourdin,* 1856 ; infol., demi-rel. chagr. rouge, tête dor., *non rogné.* 20 fr.

15 portraits et 1 frontispice lithographiés par *Arnout, Belliard, Desmaisons, Lafosse, Lemoine* et *L. Lanta.*

2977. Gardin (Alex.). Notice historique sur la ville de Conches. Ouvrage entièrement inédit et orné d'un grand nombre de dessins. *Evreux, Leclerc,* 1865 ; in-8, br. 2 fr. 50

2978. Gassier (J.-M.). Histoire de la Chevalerie française, ou recherches historiques sur la chevalerie depuis la fondation de la monarchie jusqu'à Napoléon le Grand. *Paris, G. Mathiol,* 1814 ; in-8, front., br. 5 fr.

Achat de Bibliothèques

2979. Gaultier du Mottay. Essai d'Iconographie et d'Hagiographie bretonne. *Saint-Brieuc, Prudhomme,* 1869 ; in-8, vélin, tête dor., *non rogné.* 4 fr.

2980. Gazeau de Vautibault. Les d'Orléans au tribunal de l'histoire 1640-1815. *Paris, Dumont,* 1892 ; 7 vol. in-12, cart., *non rognés.* 15 fr.

Le tome VIII manque.

2981. Généalogie de la famille de la Gorgue-Rosny. (Par Louis-Eugène de la Gorgue de Rosny). *Paris, Bachelin-Deflorenne,* 1868 ; in-8, br. 4 fr.

2982. Genoude (Eugène). Voyage dans la Vendée et dans le Midi de la France. *Paris, H. Nicolle,* 1821 ; in-8, br. 4 fr.

2983. Girault, de Saint-Fargeau. Histoire nationale et dictionnaire géographique de toutes les communes du département de la Loire-inférieure. *Paris, Baudouin,* 1829 ; in-8, br. 4 fr.

Cartes et figures. Costumes coloriés.

2984. Glatigny (Albert). Le Jour de l'an d'un vagabond. *Paris, Journal l'Eclipse,* 1869 ; in-16, br., couv. 3 fr.

ÉDITION ORIGINALE.

2985. Gower (Ronald). The Lenoir Collection of original french portraits at Stafford House auto-lithographed by Lord Ronald Gower. Published by Maclure and Macdonald, Lithographers to her Majesty the Queen. *London,* 1874 ; in-fol., portr., cart. toile. 75 fr.

2986. Grandet (Léon). Donaniel, poëme. *Paris, Achille Faure,* 1866 ; pet. in-8 carré, br. 3 fr.

Frontispice à l'eau-forte par *Léopold Flameng.*
PAPIER VERGÉ.

2987. Grandville et Kaulbach. Album des Bêtes à l'usage des gens d'esprit, texte par Aurélien Scholl et Charles Joliet. *Paris,* 1864 ; in-fol., fig., cart. 15 fr.

Gravures sur bois.

2988. Guerre de Crimée. The Seat of War in the East by William Simpson. *London, Paul and Dominic Colnaghi,* 1855 ; in-fol., demi-rel. dos et coins de chagr. brun. 120 fr.

Collection de 40 planches lithographiées et finement coloriées représentant les divers épisodes du siège de Sébastopol et de la campagne de 1855-56 auxquels prirent part les troupes anglaises de l'expédition.

2989. Guide historique et statistique du département d'Ile-et-Vilaine. Par E.D.V.(Ernest-Ducrest-Villeneuve), auteur des notices de l' « album breton ». *Rennes, Landais et Oberthur,* 1847 ; in-8, br. 3 fr.

2990. Guilhermy. Monographie de l'église royale de Saint-Denis. Tombeaux et figures historiques. Dessins de Ch. Fichot. *Paris, Didron,* 1848 ; in-12, chagr. vert, fil. à froid. 10 fr.

2991. Guimart (Charles). Histoire des Evêques de Saint-Brieuc. *Saint-Brieuc,* 1852; in-8, br. 3 fr.

2992. Guizot. Mémoires pour servir à l'histoire de mon temps. Troisième édition. *Paris, Michel Lévy,* 1861-1867 ; 8 vol. in-8, br. 30 fr.

2993. Gumble (Thomas). La Vie du général Monk, duc d'Albemarle, etc. le restaurateur de S. M. britannique Charles II, traduit de l'anglois (par Guy Miège). *Londres, Robert Scot (Amsterdam, Blaeu),* 1672 ; pet. in-12, portr., cuir de Russie, dos orné, dent., tr. dor. *(Bozérian jeune).* 25 fr.

2994. Habasque. Notions historiques, géographiques, statistiques et agronomiques sur le littoral du département des Côtes-du-Nord. *Saint-Brieuc,* 1832-1835 ; 3 vol. in-8, br. 15 fr.

2995. Hauréau (B.). Singularités historiques et littéraires. *Paris, Michel Lévy,* 1861 ; in-18, demi-rel. dos et coins de chagr. violet, dos orné, tr. marbr. 4 fr.

2996. Hauteville. Relation historique de la Pologne, contenant le pouvoir de ses rois, leur élection et leur couronnement, les privilèges de la noblesse, la religion, la justice, les mœurs et les inclinations. *Suivant la copie imprimée à Paris, chez Jacques Villery,*

1687 ; in-12, mar. vert jans., tr. dor. (*Thibaron*).   20 fr.

Les en-têtes appartiennent au matériel des Jansson d'Amsterdam.
Haut. : 132 mm. — Cachets sur le titre.

2997. Histoire des douze Césars de Suétone, traduite en françois par Henri Opheliot de La Pause, avec des mélanges philosophiques et des notes (par J.-B.-C. Delisle de Sales). *Paris, Saillant et Nyon*, 1771 ; 4 vol. in-8, veau marbré, dos orné, tr. marbr.   15 fr.

Note du bibliographe Barbier sur la garde du volume.

2998. Histoire des guerres excitées dans le Comté Venaisin et dans les environs par les calvinistes du XVIe siècle. (Par J. Fr. Boudin, en religion le P. Justin.) *Carpentras, Quenin*, 1782 ; 2 vol. in-12, demi-rel. chagr. brun.   8 fr.

De la Bibliothèque BEAUCHÊNE.

2999. Histoire des Hommes illustres de la Maison de Médicis, avec un abbregé des comtes de Bolongne et d'Auvergne (par Jean Nestor, médecin). *Paris, Charles Perier*, 1564 ; in-4, mar. vert olive, dos orné avec pièces de mar. rouge, fil., milieux, fleurons d'angle, doublé de mar. rouge, dent., tr. dor. (*Rel. anc.*).   900 fr.

Bel et rare exemplaire ayant appartenu à Madame de MAINTENON, renfermé dans une jolie reliure portant au centre des plats un fleuron surmonté d'un soleil couronné (Louis XIV), et accosté de deux lions (d'Aubigné). La bordure est également ornementée d'un soleil sommé d'une couronne royale. (Voy. sur cette attribution le 2e fer reproduit par Guigard. *Arm. du Bibliophile*. I. 180).

3000. Histoire des Modes françaises, ou révolutions du costume en France, depuis l'établissement de la monarchie jusqu'à nos jours (par Roger Molé). *Amsterdam et Paris, Costard*, 1773 ; in-12, veau, dos orné, fil.   25 fr.

Avec le supplément contenant les *Recherches sur les chevelures artificielles*. Très rare.

3001. Histoire des Vestales et de leur culte d'après Plutarque, Tacite, Suétone, etc. Traduit de l'italien par B. Cartour. *Paris, Le Fuel*, 1825 ; in-16, br.   6 fr.

Figures de *Devéria*.

3002. Histoire du ministère d'Armand Jean du Plessis, cardinal de Richelieu (par Charles Vialart). *Amsterdam, Wolfgang*, 1664 ; 3 vol. in-12. — L'Histoire du Cardinal de Richelieu, par le sieur Aubery. *Cologne, P. du Marteau, (Amsterdam, Daniel Elzevier)*, 1666 ; 2 vol. in-12, portr., mar. vert, dos orné, fil., tr. dor. (*Rel. anc*).   65 fr.

Charmantes éditions dans une jolie reliure ancienne.

3003. Histoire du Quillotisme ou de ce qui s'est passé à Dijon au sujet du quiétisme avec une réponse à l'apologie, en forme de requête, produite au procès criminel par Claude Quillot, prêtre, ci-devant déclaré atteint et convaincu de quiétisme par sentence de l'official de Dijon. (Par Hubert Mauparty, procureur du Roi, au bailliage et siège présidial de Langres). *Zell, Henriette Hernulle*, 1703 ; in-4, veau.   15 fr.

A la suite, ordonnance de l'évêque de Langres (Clermont-Tonnerre) condamnant cet ouvrage.

3004. Histoire naturelle et morale des iles Antilles de l'Amérique, enrichie de plusieurs belles figures en taille-douce, des places et des raretez les plus considérables qui y sont décrites. Avec un vocabulaire caraïbe. (Par César de Rochefort.) *Amsterdam, E. Roger*, 1716 ; 2 tomes en 1 vol. in-4, veau.   25 fr.

Frontispice, figures et planches en taille-douce.

3005. Histoire secrete de la Cour de Berlin, ou correspondance d'un voyageur français depuis le mois de juillet 1786 jusqu'au 19 janvier 1787. Ouvrage posthume. (Par le comte de Mirabeau). *S. l. (Alençon, Malassis le jeune)*, 1789 ; 2 vol. in-8, bas.   8 fr.

ÉDITION ORIGINALE.

3006. Huart (Louis). Physiologie du Flâneur. *Paris, Aubert et Lavigne*, 1841 ; in-16, br., couv. 2 fr.

Vignettes sur bois par *Alophe, Daumier* et *Maurisset*.

3007. Hurtrel (Alice). Les Amours de Catherine de Bourbon et du comte de Soissons. *Paris, Georges*

Hurtrel, 1882 ; pet. in-8 carré, mar. brun jans., tête dor., *non rogné* (*E. Rousselle*). 20 fr.
Illustrations de *Lalauze, Riester, Uzès* et *G. Hurtrel*.

3008. Hurtrel (Alice). Les Aventures romanesques d'un comte d'Artois, d'après un ancien manuscrit, orné de dessins de la Bibliothèque nationale. *Paris, Georges Hurtrel*, 1883 ; pet. in-8, mar. brun jans., tête dor., *non rogné* (*E. Rousselle*). 20 fr.
Illustrations en noir et en couleurs par Adrien Marie.

3009. Imbert de Saint-Amand. Les Dernières années de la Duchesse de Berry. *Paris, Dentu*, 1891 ; in-12, demi-rel. chagr. bleu. 3 fr. 50

3010. Isographie des Hommes célèbres ou collection de fac-similé de lettres autographes et de signatures. *Paris, Mesnier*, 1828-1830 ; in-4 en feuilles. 20 fr.
656 fac-similé, lettres-autographes et signatures, titre des tomes I et II et table des souscripteurs.

3011. Itinéraire pittoresque au Nord de l'Angleterre, contenant 73 vues des lacs, des montagnes, des châteaux, etc., des comtés de Westmorland, Cumberland, Durham et Northumberland, accompagné de notices historiques. *Londres, Fisher*, 1834-1836 ; 3 vol. in-4. — Itinéraire pittoresque aux comtés de Chester, de Derby, de Leicester, de Lincoln, de Nottingham et de Rutland. 76 vues. Traduit de l'anglais par Alexandre Sosson. *Londres, Fisher*, 1837-38 ; in-4. Ens. 4 vol. in-4, cart. toile, tr. dor. 60 fr.
Ces quatre volumes sont illustrés ensemble de 295 charmantes et délicates gravures sur acier.

3012. Janin (Jules). Les Amours du chevalier de Fosseuse. *Paris, Miard*, 1867 ; in-12, br., couv. 6 fr.
Édition originale, imprimée par Jouaust.

3013. Jauna (Dominique). Histoire générale des royaumes de Chypre, de Jérusalem, d'Arménie et d'Egypte, comprenant les Croisades avec plus d'exactitude qu'aucun auteur moderne les ait encore rap-

portés, et les faits les plus mémorables de l'Empire ottoman. *Leide, Jean Luzac*, 1747 ; 2 vol. in-4, veau. 12 fr.
2 portraits, cartes et plans gravés en taille-douce.

3014. Jeannel (Dr J.). De la Prostitution dans les grandes villes au XIXe siècle. Deuxième édition. *Paris, Baillière*, 1874 ; in-12, chagr. vert, *non rogné*. 4 fr.

3015. Johanet (Auguste). La Vendée à trois époques, de 1793 jusqu'à l'Empire. 1815-1832. *Paris, Dentu*, 1840 ; 2 vol. in-8, br. 8 fr.

3016. Johnson (Lieut.-Colonel). Voyage de l'Inde en Angleterre, par la Perse, la Géorgie, la Russie, la Pologne et la Prusse, fait en 1817, traduit de l'anglais par le traducteur de Maxwell (A.-J.-B. Defauconpret). *Paris, Gide fils*, 1819 ; 2 vol. in-8, demi-rel. veau fauve. 7 fr.
Figures sur cuivre : Sites et costumes.

3017. Juan (George) et de **Ulloa.** Voyage historique de l'Amérique méridionale. Ouvrage orné des figures, plans et cartes nécessaires et qui contient une histoire des Yncas du Pérou. *Paris, Ch.-A. Jombert*, 1752 ; 2 vol. in-4, veau marbr. (*Rel. anc.*). 12 fr.
Frontispice, vignettes en-tête, planches et cartes gravés en taille-douce.

3018. Juvénal des Ursins. Histoire de Charles VI, roy de France, et des choses mémorables advenues de son règne, dès l'an 1380 jusques en l'an 1422, par messire Jean Juvénal des Ursins, archevesque de Reims, mise en lumière par Théodore Godefroy. *Paris, Abraham Pacard*, 1614 ; in-4, vélin. 20 fr.
Édition originale. Exemplaire portant la signature d'Auguste Vitu.

3019. Keate (George). Relation des iles Pelew situées dans la partie occidentale de l'Océan pacifique, composée sur les journaux et les communications du capitaine Henri Wilson et de quelques-uns de ses officiers. *Paris, Le Jay*, 1788 ; 2 vol. in-8, veau fauve (*Rel. anc.*). 8 fr.
Portrait, planches et cartes, gravés en taille-douce.
Les iles Pelew ou Palaos sont situées

dans l'Océan pacifique, entre les Philippines et les Carolines.

3020. Kerviler (René). Répertoire général de Bio-Bibliographie bretonne, par René de Kerviler, bibliophile breton. *Rennes, Plihon et Hervé*, 1886-1897 ; 27 fascicules in-8, br.   75 fr.

Ces 27 fascicules forment les 9 premiers volumes et le commencement du 10ᵉ de cet ouvrage d'érudition (en cours de publication), qui est le plus complet qui ait été entrepris jusqu'à ce jour sur la biographie et la bibliographie bretonnes.

3021. Labédollière (E. de). Histoire de la Garde nationale. Récit complet de tous les faits qui l'ont distinguée depuis son origine jusqu'en 1848. *Paris, Dumineray et Pallier*, 1848 ; in-12, br.   8 fr.

Dix figures coloriées dessinées et gravées par *Pauquet*, représentant les uniformes de la garde nationale à toutes les époques.

3022. La Borde (Benj. de). Voyage pittoresque de la France. Bouches-du-Rhône. *Paris, Lamy, an V* (1797); in-fol., cart.   25 fr.

28 vues, une carte et 10 planches avec 60 sujets gravées en taille-douce par *Née* d'après les dessins de *Meunier* et *Myris*.

3023. La Chenaye-Desbois et Badier. Dictionnaire de la Noblesse, contenant les généalogies, l'histoire et la chronologie des familles nobles de la France, l'explication de leurs armes et l'état des grandes terres du royaume, etc. Troisième édition entièrement refondue, réimprimée conformément au texte des auteurs. *Paris, Schlesinger*, 1863-1876 ; 19 vol. in-4 en 39 fascicules brochés.   275 fr.

Rare.

3024. Lacroix (Jules). Pervenches. *Paris, Delaunay*, 1838 ; in-16, br., couv.   6 fr.

3025. La Fayette (Mᵐᵉ de). Zayde, histoire espagnole, par M. de Segrais (Mᵐᵉ de La Fayette), avec un traité de l'origine des romans par M. Huet. *Paris, Cl. Barbin*, 1670-1671 ; 2 vol. in-12, mar. rouge, dos orné, comp. à la Duseuil, tr. dor. (*Lortic*).   300 fr.

ÉDITION ORIGINALE. Bel exemplaire. Haut. 155 mill.

3026. La Fontaine. Œuvres de La Fontaine. Nouvelle édition, revue, mise en ordre, et accompagnée de notes par C.-A. Walckenaer. *Paris, Lefèvre*, 1822, 6 vol. in-8. — Histoire de la vie et des ouvrages de J. de La Fontaine, par C. A. Walckenaer. Troisième édition. *Paris, Nepveu*, 1824. Ens. 7 vol. in-8, mar. rouge, dos orné, encadr. de fil., tr. dor. (*Capé*).   300 fr.

Bel exemplaire illustré d'un portrait de La Fontaine et de 25 figures de *Moreau le jeune* tirés AVANT LA LETTRE, auxquels on a ajouté la suite du frontispice et des 120 figures de *Granville*, gravées sur bois et tirées sur Chine appliqué.

3027. La Gournerie (Eugène). Les débris de Quiberon. Souvenirs du désastre de 1795, suivis de la liste des victimes. *Nantes*, 1875 ; in-8, br.   3 fr.

3028. Lairesse (Gérard de). Le Grand Livre des Peintres, ou l'art de la peinture considéré dans toutes ses parties et démontré par principes. *Paris*, 1787 ; 2 vol. in-4, br.   20 fr.

35 planches gravées en taille-douce.

3029. Lallié (Alfred). Les Noyades de Nantes. Deuxième édition, revue et augmentée de l'histoire de la persécution des prêtres noyés. *Nantes, Libaros*, 1879 ; in-8, br.   4 fr. 50

3030. La Marche (Olivier de). Les Mémoires de messire Olivier de La Marche. Troisième. édition, revuë et augmentée d'un estat particulier de la maison du duc Charles le Hardy, et composé du mesme auteur, et non imprimé cy-devant. *Bruxelles, H. Antoine*, 1616; in-8, vélin.   40 fr.

Mémoires importants et curieux pour l'histoire de France dans la première partie du XVᵉ siècle.

3031. La Messelière. Voyage à Pétersbourg, ou nouveaux mémoires sur la Russie. Précédés du tableau historique de cet empire jusqu'en 1802, par V. D. Musset-Patay, *Paris, Vᵛᵉ Panckoucke*, 1803; in-8, demi-rel. veau.   5 fr.

3032. La Monneraye (C. de). Essai sur l'histoire de l'Architecture religieuse en Bretagne pendant la durée des XIᵉ et XIIᵉ siècles. *Rennes, Mᵐᵉ de Caila*, 1849; in-8, pl., br.   4 fr.

Achat de Bibliothèques

3033. Landrin (Armand). Les Inondations. — Les Monstres marins. *Paris, Hachette,* 1880-1889 ; 2 vol. in-18,fig.,demi-rel.chagr.brun. 5 fr.
De la Bibliothèque des merveilles.

3034. Lanjuinais. Études biographiques et littéraires sur Antoine Arnauld, Pierre Nicole, et Jacques Necker, avec une notice sur Christophe Colomb. *Paris, Baudouin,* 1823 ; in-8, br.   2 fr.

3035. Le Cat. Traité des Sens. Nouvelle édition enrichie de figures en taille-douce. *Amsterdam, Wetstein,* 1744 ; in-8, veau marbr., dos orné, fil. (*Rel. anc.*)   4 fr.

3036. Le Clerc du Flécheray. Le Comté de Laval, son histoire, les mœurs de ses habitants, ses manufactures. *Laval, Chailland, s. d.* (1888); in-8, br.   2 fr.

3037. Le Gangneur (Guillaume). La Technographie ou briefve méthode pour parvenir à la parfaite cognoissance de l'Escriture françoise, secrétaire de la chambre du roy Henry IV. (*Paris*), 1599 ; in-4 oblong, vélin.   40 fr.
42 planches gravées en taille-douce de modèles d'écritures. Les pl. 26 et 27 manquent, et le titre typographique a été refait à la plume.

3038. Le Gonidec. Grammaire Celto-Bretonne, contenant les principes de l'orthographe, de la prononciation, de la construction des mots et des phrases, selon le génie de la langue celto-bretonne. *Paris, Lebour,* 1807 ; in-8, br.   5 fr.

3039. Le Gonidec. Grammaire Celto-Bretonne. Nouvelle édition. *Paris, Delloye,* 1838 ; in-8, br.   6 fr.

3040. Legrand. Voyage fait en 1787 et 1788 dans la ci-devant, haute et basse Auvergne aujourd'hui départements du Puy-de-Dôme, du Cantal et partie de celui de la Haute-Loire. *Paris, an III* (1795); 3 vol. in-8,bas.,dos orné,fil.(*Rel.anc.*)8 fr.
Une planche en taille-douce gravée par *Ponce.*

3041. Le Jean (G.). La Bretagne, son histoire et ses historiens. *Nantes et Paris,* 1850 ; in-8, demi-rel. veau.   5 fr.

3042. Lemière (P.-L.). Étude sur les Celtes et les Gaulois et recherche des peuples anciens appartenant à la race celtique ou à celle des scythes. *Paris, Maisonneuve,* 1881 ; in-8, br.   7 fr.

3043. Le Nain de Tillemont. Mémoires pour servir à l'histoire ecclésiastique des six premiers siècles. *Paris, Ch. Robustel,* 1701-1712 ; 16 vol. in-4, veau.   40 fr.

3044. Lenfant (Jacques). Histoire de la guerre des hussites et du concile de Basle. *Amsterdam, Pierre Humbert,* 1731 ; 2 vol. in-4, veau fauve, dos orné, tr. rouge (*Rel. anc.*)   20 fr.
Portraits et vignettes en-têtes, gravés sur cuivre.

3045. Lenfant (Jacques). Histoire du Concile de Constance, tirée principalement d'auteurs qui ont assisté au concile. *Amsterdam, P. Humbert,* 1714 ; 2 vol. in-4, veau fauve, fil., tr. dor. (*Rel. anc.*)   60 fr.
Bel exemplaire, illustré de 17 portraits d'après *Bernard Picart,* portant au centre et aux angles des plats les insignes de LONGEPIERRE.

3046. Lenfant (Jacques). Histoire du Concile de Pise, et de ce qui s'est passé de plus mémorable depuis ce concile jusqu'au concile de Constance. *Amsterdam, P. Humbert,* 1724; 2 vol.in-4,veau, dos orné. 40 fr.
Bel exemplaire aux armes du chancelier d'AGUESSEAU, orné de jolis portraits par *B. Picart.*

3047. Lenglet du Fresnoy. Histoire de Jeanne d'Arc, dite la Pucelle d'Orléans. *Amsterdam, par la Compagnie,* 1775 ; 3 tomes en un vol. in-12, portr., mar. rouge jans., tr. dor. (*David*).   60 fr.
Bel exemplaire.

3048. Le Pelletier (Dom Louis). Dictionnaire de la Langue bretonne, où l'on voit son antiquité, son affinité avec les anciennes langues, l'explication de plusieurs passages de l'écriture sainte, et des auteurs profanes, avec l'étymologie de plusieurs mots des autres langues. *Paris, Fr. Delaguette,* 1752 ; in-fol., veau.   50 fr.
Ouvrage rare.

3049. Lequino. Guerre de la Vendée et des Chouans, par Lequino, représentant du peuple, député par le département du Morbihan. *Paris, Pougin, an III* (1795); in-8, cart. toile, tête dor., éb.   8 fr.

3050. **Leroux.** Dictionnaire comique, satyrique, critique, burlesque, libre et proverbial, par J.-P. Leroux. *Pampelune (Paris)*, 1786 ; 2 vol. in-8, veau fauve, dos orné, dent., tr. dor. (*Bozérian*)   25 fr.

> Très bel exemplaire.

3051. **Le Roy.** Les Ruines des plus beaux monuments de la Grèce, considérées du côté de l'histoire et du côté de l'architecture. Seconde édition corrigée et augmentée. *Paris, Musier*, 1770 ; 2 vol. gr. in-fol., mar. vert, dos orné, fil., tr. dor. (*Rel. anc.*).   300 fr.

> 61 belles planches gravées sur cuivre par *Le Bas*.
> Exemplaire aux armes du marquis de MARIGNY, frère de Mme de Pompadour.

3052. **Le Roy.** Les Ruines des plus beaux Monuments de la Grèce, considérées du côté de l'Histoire et du côté de l'Architecture, par M. Le Roy. Seconde édition corrigée et augmentée. *Paris, L.-Fr. Delatour*, 1770 ; 2 tomes en un vol. in-fol., pl., veau marbr., dos orné, fil., tr. dor. (*Rel anc.*).   60 fr.

> Ouvrage orné de 61 planches représentant les ruines et les sites les plus célèbres de l'ancienne Grèce, gravées d'après les dessins de *Le Roy*, par *Le Bas, de Neufforge, Patte, Littret de Montigny et Michelinot*.
> Exemplaire en GRAND PAPIER.

3053. **Le Sage.** Le Diable boiteux. Nouvelle édition avec les Entretiens sérieux et comiques des cheminées de Madrid, et les Béquilles dudit diable (par l'abbé Bordelon). *Paris, Prault*, 1737 ; 2 vol. in-12, veau. 35 fr.

> Quatrième édition, la plus complète de ce roman, ornée d'un frontispice et de 12 figures de *Dubercelle*.

3054. **Le Sage.** Histoire de Gil Blas de Santillane, par Le Sage. Edition avec un examen préliminaire et des notes historiques et littéraires par M. le Comte François de Neufchâteau. *Paris, Lefèvre*, 1820 ; 3 vol. in-8, fig., demi-rel. mar. rouge, *non rognés*.   40 fr.

> Très bel exemplaire sur GRAND PAPIER JÉSUS VÉLIN. auquel on a ajouté la suite des 8 figures de *Desenne*, AVANT LA LETTRE.

3055. **Lescure.** Jeanne d'Arc, l'héroïne de la France. *Paris, Ducrocq*, s. d. (1866) ; gr. in-8, demi-rel. chagr. rouge, plats toile, tr. dor. 8 fr.

> 12 belles gravures dessinées et gravées à l'eau-forte par *Léopold Flameng*. — Publié à 15 fr.

3056. **Lescure** (M. de). Marie-Antoinette et sa famille. Quatrième édition. *Paris, Ducrocq*, 1879 ; gr. in-8, br.   10 fr.

> 70 compositions de *Delort, du Paty, Gerlier, Monginot, Scott et Tofani*, gravées sur bois par *Méaulle*.

3057. **Lescure** (M. de). Marie Stuart. *Paris, Ducrocq*, 1871 ; gr. in-8, br.   12 fr.

> 10 compositions par *Carolus Duran*, gravées à l'eau-forte par *Bracquemond et Rajon*.

3058. **Lesné.** La Reliure, poème didactique en six chants ; par Lesné, relieur à Paris. Seconde édition. *Paris, l'auteur et Jules Renouard*, 1827 ; in-8, cart., *non rogné*. 20 fr.

> Édition tirée à 125 exemplaires numérotés sur GRAND PAPIER RAISIN VÉLIN.

3059. **Lesson** (R. P.). Histoire naturelle des Oiseaux-Mouches [et des Colibris]. — Les Trochilidées. — Histoire naturelle des Oiseaux de Paradis et des Epimaques. *Paris, Artus Bertrand*, s. d. (1829-1835); 4 vol. in-8, demi-rel. mar. rouge, dos orné, tr. marb.   100 fr.

> Rare ouvrage orné de 256 planches gravées en taille-douce et finement coloriées à l'aquarelle.

3060. **L'Estoile.** Mémoires pour servir à l'histoire de France, contenant ce qui s'est passé de plus remarquable dans ce roiaume depuis 1515 jusqu'en 1611, avec les portraits des rois, reines, princes, princesses et autres personnes illustres dont il y est fait mention. *Coloyne, Herman Demen*, 1719 ; 2 vol. in-12, mar. vert, dos orné, fil., tr. dor. (*Rel. anc.*)   20 fr.

> Frontispices et portraits gravés sur cuivre.

3061. **L'Estoile.** Mémoires-journaux de Pierre de l'Estoile. Edition complète et entièrement conforme aux manuscrits originaux, publiée avec de nombreux documents inédits et un commentaire historique, biographique et bibliographique, par Bru-

Achat de Bibliothèques

net, Champollion, P. Lacroix, Tamizey de Larroque, etc. *Paris, Jouaust*, 1875-1883; 11 vol. in-8, br. 60 fr.

Exemplaire sur papier vergé des Vosges.

3062. **L'Estourbeillon** (Régis de). La Noblesse de Bretagne. Notices historiques et généalogiques par le Cte Régis de l'Estourbeillon. Précédées d'une introduction par le Vte de Lisle. *Vannes, impr. Lafolye*, 1891-1895; 2 vol. in-4, br. 20 fr.

Nombreux blasons dans le texte. — PAPIER VERGÉ.

3063. **Leti** (Grégoire). La Vie de l'empereur Charles V. Traduite de l'italien de M. Leti (par ses filles). *Amsterdam, Ledet*, 1730; 4 vol. in-12, veau fauve, dos orné (*Rel. anc.*). 25 fr.

Nombreux portraits et planches en taille-douce.

3064. **Leti** (Grégoire). La Vie d'Elizabeth, reine d'Angleterre. Traduite de l'italien de M. Grégoire Leti. *Londres*, 1743; 2 vol. in-8, front., bas. (*Rel. anc.*). 5 fr.

Aux armes d'OSMOND.

3065. **Lettres** bougrement patriotiques du véritable Père Duchêne (par Lemaire). *Paris, Chalon*, 1791-1792; 5 vol. in-8, veau. 75 fr.

Collection rare, bien complète des 400 numéros de ce pamphlet, concurrent, par le titre, de celui d'Hébert. (Voy. HATIN, *Hist. de la presse en France*, VI, 452 et suiv.).

3066. **Lettres** de Noblesse accordées aux Artistes français (XVIIe et XVIIIe siècles), suivies de la liste des artistes nommés chevaliers de l'ordre de Saint-Michel. *Paris, Dumoulin*, 1873; in-8, cart. 6 fr.

L'un des 50 exemplaires, extrait de la Revue historique et nobiliaire.

3067. **Levasseur** (R.). Mémoires de R. Levasseur (de la Sarthe), ex-conventionnel. *Paris, Rapilly*, 1829; 2 vol. in-8, portr., br. 6 fr.

Les 2 premiers volumes seuls de ces Mémoires apologétiques de la Convention.

3068. **Levesque** (Pierre-Charles). Histoire de Russie, et des principales nations de l'Empire russe. Quatrième édition revue et augmentée par MM. Malte-Brun et Depping. *Paris, Fournier*, 1812; 8 vol. in-8 et 1 atlas in-4, cart., *non rognés*. 35 fr.

L'atlas renferme 60 portraits gravés au trait des souverains russes, depuis Rourik Ier jusqu'à Paul Ier. Bel exemplaire.

3069. **Linguet**. Mémoires sur la Bastille. *Londres*, 1783; in-8, front., br. 4 fr.

3070. **Listonai**. Le Voyageur philosophe dans un pais inconnu aux habitans de la terre. *Amsterdam*, 1761; 2 vol. in-12, mar. brun, dos orné, fil., tr. dor. (*Chatelin*). 15 fr.

Le véritable auteur de cet ouvrage est de Villeneuve, ancien directeur des finances de Toscane.
Bel exemplaire.

3071. **Livre d'or** (Le) du Salon de peinture et de sculpture. Catalogue descriptif des œuvres récompensées et des principales œuvres hors concours. Rédigé par Georges Lafenestre. *Paris, Libr. des bibliophiles*, 1879-1891; 13 vol. in-4, pl., demi-rel. mar. rouge, *non rognés*. 180 fr.

Très bel exemplaire sur PAPIER DE HOLLANDE, contenant 192 planches AVANT LA LETTRE, gravées à l'eau-forte, par *Boilvin, Courtry, Duvivier, Flameng, Gaucherel*, etc., etc., sous la direction de *Edmond Hédouin*.
Cette collection artistique, tirée à cent exemplaires seulement sur ce papier, est et restera un des plus intéressants documents sur les manifestations de l'art à la fin du XIXe siècle.

3072. **Livre noir** (le) de Messieurs Delavau et Franchet, ou répertoire alphabétique de la police politique sous le ministère déplorable; ouvrage imprimé d'après les registres de l'administration. *Paris, Moutardier*, 1829; 4 vol. in-8, cart., *non rognés*. 25 fr.

3073. **Livre rouge** (Le). Histoire de l'Echafaud en France par B. Maurice, A. de Bast, E. Fournier, L. de la Montagne, J. Morel, E. Asse, M. Proth, H. Babou, P. Dupré de la Mahérie, de Lescure, A. Boscowitz. *Paris*, 1863; gr. in-4, demi-rel. chagrin rouge, *non rogné*. 8 fr.

50 portraits gravés sur bois.

3074. **Lobineau**. Les Vies des Saints de Bretagne, et des personnes d'une éminente piété qui ont vécu dans la même province. Par dom Gui-

Alexis Lobineau. Enrichies de figures en taille-douce. *Rennes, comp. des imprimeurs-libraires*, 1724 ; in-fol., demi-rel. veau.   45 fr.

> Bel exemplaire.

3075. **Longuerue**. Description historique et géographique de la France ancienne et moderne, enrichie de plusieurs cartes géographiques. (Par Louis Dufour de Longuerue). *S. l. (Paris)*, 1722 ; 2 tomes en un vol. in-fol., veau.   20 fr.

> 9 cartes par d'*Anville*.

3076. **Lorris** et **de Meung**. Le Roman de la Rose, par Guillaume de Lorris et Jehan de Meung. Nouvelle édition, revue et corrigée par M. Méon. *Paris, impr. de P. Didot l'aîné*, 1814 ; 4 vol. in-8, fig., demi-rel. dos et coins de mar. rouge, dos orné, tête dor., *non rognés*. 75 fr.

> Cette édition du Roman de la Rose est encore, aujourd'hui, l'une des plus parfaites que l'on ait publiée.
> Bel exemplaire sur PAPIER VÉLIN.

3077. **Louandre**. Les Arts somptuaires. Histoire du Costume et de l'Ameublement et des arts et industries qui s'y rattachent ; sous la direction de Hangard-Maugé. Introduction et texte explicatif par Charles Louandre. *Paris, Hangard-Maugé*, 1857-1858 ; 2 vol. de texte et 2 vol. de pl. in-4, demi-rel. dos et coins de mar. vert, tête dor., *non rogné*.   300 fr.

> Les 300 planches de cet ouvrage, exécutées en chromolithographie, d'après les dessins de *Ciappori*, reproduisent, d'une manière aussi parfaite que rigoureuse, les documents les plus typiques des Arts, aux diverses époques de notre histoire. Les nombreux fac-similés de manuscrits enluminés offrent surtout un grand intérêt pour la manifestation de l'art du miniaturiste au moyen âge et à l'époque de la Renaissance.
> Très bel exemplaire.

3078. **Louandre**. Le même. *Paris*, 1857-1858 ; 4 tomes en 3 vol. in-4, demi-rel. dos et coins de mar. rouge, tête dor.   220 fr.

> Exemplaire monté sur onglets.

3079. **Lucas** (H.). Histoire naturelle des Lépidoptères exotiques. *Paris, L. de Bure*, 1845 ; in-8, demi-rel. mar. bleu, dos orné, tête dor., *non rogné*.   30 fr.

> Ouvrage orné de 200 figures peintes d'après nature par *Pauquet*, et gravées sur acier.

3080. **Lucet** et **Eckard**. Hommages poétiques à leurs Majestés impériales et royales sur la Naissance de S. M. le roi de Rome ; recueillis et publiés par J.-J. Lucet et Eckard. *Paris, impr. de Prudhomme fils*, 1811 ; 2 vol. in-8, front., veau marbré, dos orné, fil., tr. dor. (*Rel. anc.*).   40 fr.

> Recueil le plus complet qui ait été formé sur ce sujet, à la suite d'un concours ouvert en 1811 ; il renferme 275 pièces de vers françaises, latines, italiennes et allemandes. Cinquante récompenses furent décernées. M. Barjaud de Montluçon obtint le grand prix.

3081. **Ly'onell**. L'Art de relever sa robe. *Paris, Poulet-Malassis*, 1862 ; in-18, br., couv.   3 fr.

> Ly'onell est le pseudonyme d'Emile Daclin.

3082. **Mahé** (J.). Essai sur les Antiquités du département du Morbihan. *Vannes, Galles*, 1825 ; in-8, br.   4 fr.

> Figures sur cuivre.

3083. **Maillard** (E.). Histoire d'Ancenis et de ses barons. Deuxième édition revue et augmentée. *Nantes, Forest et Grimaud*, 1881 ; br. 7 fr.

3084. **Maistre** (Joseph de). Les Soirées de Saint-Pétersbourg, suivies d'un traité sur les sacrifices. *Lyon, Pélagaud*, 1836 ; 2 vol. in-8, br., couv.   12 fr.

3085. **Maistre** (Xavier de). Œuvres. Nouvelle édition. *Bruxelles, Ad. Wahlen*, 1839 ; gr. in-8, demi-rel. chagr. Lavallière, éb.   15 fr.

> Figures gravées sur bois et tirées sur Chine.

3086. **Maistre** (Xavier de). Voyage autour de ma Chambre. *Paris, J. Tardieu*, 1860 ; in-12, br., couv. 5 fr.

> Jolie édition fort bien imprimée, illustrée de vignettes par *Vessier*, gravées sur bois par *Guillaume*.

3087. **Malo** (Charles). Les Papillons. *Paris, Janet, s. d.* ; pet. in-12, cart., *non rogné*.   15 fr.

> Titre et 11 planches finement coloriées.

3088. **Manuel** des Boudoirs, ou essais érotiques sur les demoiselles d'Athènes (par Mercier de Compiègne). *Cythère, l'an du plaisir et de la liberté*, 1240 (*Paris*, 1787) ; 4 vol. in-18, veau marbr.   80 fr.

> 4 figures par *Bornet*.

Achat de Bibliothèques

3089. Manuscrit. LIVRE D'HEURES (HORÆ) DE LA FIN DU XVᵉ SIÈCLE. *S. l. n. d.;* in-8, mar. vert, dos orné, compart. dorés et à froid, milieux, tr. dor., fermoirs (*Gruel*). 1200 fr.

Beau manuscrit exécuté en France vers la fin du XVᵉ siècle. Il comprend 102 feuillets de vélin magnifiquement illustrés de riches bordures formées de rinceaux de toutes nuances, où se combinent une multitude de personnages grotesques et d'animaux fantastiques, imaginés avec la plus grande variété artistique. Mais son principal ornement sont QUATORZE grandes et belles compositions : 1. *S. Jean dans l'ile de Pathmos;* 2. *l'Echelle de Jacob,* 3. *la Visitation;* 4. *la Nativité;* 5. *l'Annonciation aux bergers;* 6. *l'Adoration des mages;* 7. *la Circoncision;* 8. *la Fuite en Egypte;* 9. *le Couronnement de la Vierge;* 10. *le roi David;* 11. *la Crucifixion;* 12. *la Pentecôte;* 13. *Job sur son fumier;* et 14. *la Vierge à la donatrice* (dans cette dernière miniature se voit une dame agenouillée, en costume de l'époque, robe rouge et coiffure noire), accompagnées chacunes dans les bordures qui les entourent, d'une ou deux petites miniatures se rapportant au sujet principal.

Les 12 premiers feuillets du manuscrit, consacrés à un calendrier rédigé en français, sont également enluminés dans leurs marges de VINGT-QUATRE PETITES MINIATURES ayant pour sujets *les Signes du Zodiaque* et les *occupations champêtres* de chacun des mois de l'année.

Toutes les lettrines du texte ont été rubriquées de nuances diverses; quelques-unes sont peintes sur des fonds d'or avec fleurettes ornementales. Toutes les fins de lignes sont également en couleurs. Il résulte de cette décoration aux vives couleurs un ensemble des plus parfaits et des plus harmonieux.

La nouvelle reliure qui recouvre le volume, exécutée à notre époque par Gruel, porte frappé à froid aux angles des plats, l'ange et les trois animaux symboliques des Evangélistes.

3090. Manuscrit venu de Sainte-Hélène d'une manière inconnue. *London, J. Murray,* 1817 ; in-8, br. 10 fr.

Après été avoir attribué à diverses notabilités littéraires, cet ouvrage remarquable, qui fut réfuté par Napoléon Iᵉʳ lui-même, est dû en réalité au génevois Luiiin de Chateauvieux.

3091. Marie-Antoinette. Histoire de Marie-Antoinette-Josephe-Jeanne de Lorraine, archiduchesse d'Autriche, reine de France, par l'auteur de l'éloge de Louis XVI (Montjoye). *Paris, Perronneau,* 1800 ; 4 tomes en 2 vol. pet. in-12, demi-rel. veau rose. 15 fr.

3092. Marie-Antoinette. Vie de Marie-Antoinette, archiduchesse d'Autriche, reine de France — Vie de Madame Elisabeth de France. *Paris, Le Fuel, s. d.;* 2 vol. in-16, br. 8 fr.

3093. Marmier. Voyages de la commission scientifique du nord en Scandinavie, en Laponie, au Spitzberg et aux Féroë pendant les années 1838, 1839 et 1840 sur la corvette la Recherche, commandée par M. Fabvre, publiés par ordre du Roi sous la direction de M. Paul Gaimard. Littérature scandinaire par M. Xavier Marmier. *Paris, Bertrand, s. d.;* gr. in-8, chagr. noir, tête dor., *non rogné.* 10 fr.

3094. Martial d'Estoc. Les Réquisitoires de l'histoire de France. 1600-1892. Les adultères royaux. *Paris, Dumont,* 1891 ; in-8, cart., *non rogné.* 3 fr. 50

3095. Materot. Les Œuvres de Lucas Materot, Bourguignon françois, citoyen d'Avignon, où l'on comprendra facilement la manière de bien et proprement escrire toute sorte de lettre italienne selon l'usage de ce siècle. (*Paris, Antoine de Vascausain,* 1628); in-4 oblong, vélin. 35 fr.

Titre et dédicace gravés, 2 ff. de texte et 40 planches de modèles d'écriture. — Le portrait manque. L. Materot est l'inventeur de la bâtarde coulée.

3096. Maulde (de). Pierre de Rohan, duc de Nemours, dit le maréchal de Gié. *Paris, impr. nationale,* 1885 ; in-4, br. 4 fr.

Envoi d'auteur.

3097. Maupassant (Guy de). Des Vers. *Paris, Victor Havard,* 1884; in-12, portr., br., couv. 3 fr.

3098. Maury (Alfred). La Magie et l'astrologie dans l'antiquité et au moyen-âge ou étude sur les superstitions païennes qui se sont perpétuées jusqu'à nos jours. *Paris, Didier,* 1860 ; in-8, br. 8 fr.

Rare.

3099. Mautort (le Chevalier de). Mémoires (1752-1802), publiés par son petit-neveu le Bᵒⁿ Tillette de Clermont-Tonnerre. *Paris, Plon et Nourrit,* 1895; in-8, portr., br. 5 fr.

3100. Mayeux (F.-J). Les Bédouins, ou arabes du désert. Ouvrage pu-

Et de Livres anciens et modernes

blié d'après les notes inédites de dom Raphaël, sur les mœurs, usages, lois, coutumes civiles et religieuses de ces peuples. *Paris, Ferra jeune*, 1816 ; 3 vol. pet. in-12, bas., tr. dor. 20 fr.

24 jolies figures par *F. Massard*, finement coloriées.

3101. Mazerolle (Pierre). Confession d'un biographe. Fabrique de biographies, maison E. de Mirecourt et compagnie par un ex-associé. *Paris*, 1857 ; in-12, br. 2 fr.

3102. Mélanges d'histoire, de littérature, etc., tirés d'un portefeuille. (Publiés par Quintin Craufurd écossais). *S. l. (Paris)*, 1809. 20 fr.

On trouve dans ce volume, publiés pour la première fois, les Mémoires de Mme du Hausset, femme de chambre de Mme de Pompadour ; des notices sur le Masque de fer, sur la destruction des jésuites en France, etc.

Exemplaire en GRAND PAPIER.

3103. Mémoires d'un Apothicaire (Sébastien Blaze), sur la guerre d'Espagne, pendant les années 1808 à 1814. *Paris, Ladvocat*, 1828 ; 2 vol. in-8, demi-rel. bas. 10 fr.

3104. Mémoires de l'estat de France sous Charles neufiesme (publiés par Simon Goulart). *Meidelbourg, Heinrich Wolf*, 1578 ; 3 vol. pet. in-8, veau. 12 fr.

Exemplaire aux armes du duc de CAUMONT-LA FORCE.

Mouillures et grattage sur le titre du tome II.

3105. Mémoires de la Régence de de S. A. R. Msgr le duc d'Orléans, durant la minorité de Louis XV, roi de France (par le chevalier de Piossens). *Amsterdam, Zach. Chatelain*, 1729 ; 3 vol. in-12, portr., veau. 8 fr.

3106. Mémoires de la Société archéologique du département d'Ille-et-Vilaine. *Rennes*, 1862-1867 ; 5 vol. in-8, br. 20 fr.

5 premières années : 1861 à 1865.

3107. Mémoires du Ministère du duc d'Aiguillon, pair de France, et de son commandement en Bretagne. *Paris, Buisson*, 1792 ; in-8, br. 3 fr.

Rédigés par le comte de Mirabeau, et publiés par Giraud Soulavie aîné.

3108. Mémoires historiques sur la catastrophe du Duc d'Enghien. *Paris, Baudouin*, 1824 ; in-8, cart. 6 fr.

Ces mémoires sont extraits des documents publiés par le duc de Rovigo, le général Hulin, le duc de Vicence, le prince de Talleyrand, et autres.

3109. Mémoires secrets sur la Russie et particulièrement sur la fin du règne de Catherine II et le commencement de celui de Paul I. (Par Ch.-Fr.-Philib. Masson de Blamont). *Amsterdam (Paris)* ; 1800-1802 ; 3 vol. in-8, portr., cart. toile, *non rognés*. 10 fr.

Titre remonté au tome Ier.

3110. Mémoires sur la Vendée comprenant les mémoires inédits d'un ancien administrateur militaire des armées républicaines, et ceux de Mme de Sapinaud. *Paris, Baudouin*, 1823 ; in-8, br. 5 fr.

3111. Mendès (Catulle). Lesbia. *Paris, M. de Brunhoff*, 1886 ; in-12, cart., *non rogné*. couv. 8 fr.

PAPIER DE HOLLANDE, tiré à 12 exemplaires (n° 2).

3112. Méneval (Baron Claude-François de). Mémoires pour servir à l'histoire de Napoléon Ier depuis 1802 jusqu'à 1815. Publiés par les soins de son petit-fils le baron de Méneval. *Paris, Dentu*, 1894 ; 3 vol. in-8, portr., br. 18 fr.

3113. Mercœur (Elisa). Poésies. *Nantes, Mellinet-Malassis*, 1827 ; in-12, portr., br., couv. 6 fr.

PREMIÈRE ÉDITION.

3114. Merval (de). Catalogue et Armorial des présidents, conseillers, gens du roi et greffiers du parlement de Rouen, dressés sur les documents authentiques. *Evreux, Hérissey*, 1867 ; in-4, fig., demi-rel. dos et coins de mar. rouge, tête dor., *non rogné*. 20 fr.

3115. Meunier (Victor). Les grandes Pêches. — Les grandes Chasses. *Paris, Hachette*, 1878-1883 ; 2 vol. in-8, fig., demi-rel. chagr. brun. 5 fr.

De la Bibliothèque des Merveilles.

3116. Michelet. Tableau chronologique de l'histoire moderne, depuis la prise de Constantinople par les Turcs jusqu'à la Révolution française, 1453-1789. *Paris, L. Colas,* 1826 ; in-8, br.   2 fr.

3117. Milleville (Henry de). Armorial historique de la Noblesse de France. *Paris, Valon,* 1845 ; gr. in-8, demi-rel. bas. verte. 10 fr.
Blasons et vignettes. — Taches.

3118. Miorcec de Kerdanet. Histoire de la langue des Gaulois, et par suite, de celle des Bretons. *Rennes, Duchesne,* 1821 ; in-8, br.   2 fr.

3119. Miorcec de Kerdanet. Notices chronologiques sur les théologiens, jurisconsultes, philosophes, artistes, littérateurs, poètes, bardes, troubadours et historiens de la Bretagne, depuis le commencement de l'ère chrétienne jusqu'à nos jours. *Brest, impr. Michel,* 1818 ; in-8, demi-rel. veau. 6 fr.
Rare.

3120. Mirecourt (Eug. de). Les Contemporains. *Paris, Havard,* 1854-1858 ; 98 fasc. in-12, portr. et fac-similé, br.   35 fr.
Manquent les fascicules 75-85.

3121. Molière. Les Œuvres de Monsieur Molière. *A Amsterdam, chez Jacques le Jeune (Amsterdam, Daniel Elzevir),* 1679 ; 5 vol. pet. in-12, front. — Les Œuvres posthumes de Monsieur de Molière. Enrichies de figures en taille-douce. *A Amsterdam, chez Jacques le Jeune (Amsterdam, H. Wetstein),* 1684 ; pet. in-12. Ensemble 6 vol. pet. in-12, mar. bleu, dos orné, fil., tr. dor. (*Masson-Debonnelle*).   400 fr.
Charmante édition publiée par Daniel Elzevir d'Amsterdam, comprenant sous un titre collectif la réunion des 25 pièces de Molière et d'une pièce de Brécourt (l'Ombre de Molière), imprimées chacune avec un titre spécial.
Toutes ces pièces sont à la date de 1679, sauf 8 qui, publiées antérieurement, ont servi à compléter l'édition. Ce sont : *Le Bourgeois gentilhomme.* 1674. — *Sganarelle ; l'Amour médecin ; Georges Dandin ; les Fourberies de Scapin ; Psiché.* 1675. — *Les Femmes scavantes* et *l'Ombre de Molière.* 1678.
Ce recueil est complété par les 5 pièces posthumes (*les Amants magnifiques, la Comtesse d'Escarbagnas, l'Impromptu de Versailles, Don Garcie de Navarre et Mélicerte*) publiées par Wetstein en 1684. Chacune d'elles est orné d'un joli frontispice gravé en taille-douce.
(Voyez Willems, les Elzevir, n° 1569.)

3122. Monnaies. Prix des Monoyes de France et des matières d'or et d'argent depuis la déclaration du 31 mars 1640. Nouvelle édition. *Rouen, Cabut,* 1736; in-4, veau.   30 fr.
Livre intéressant et rare, formant l'histoire des monnaies en France sous Louis XIII, Louis XIV et Louis XV avec leur représentation exacte.

3123. Montalvan. Les Succès prodigieux de l'Amour, ou la relation véritable de huict nouvelles arrivées à Madrid, cour du roi d'Espagne. Ecrites en espagnol par Montalvan, et traduites en françois par le sieur de Rampale. *Paris, Rocolet,* 1645 ; in-8, veau, dos orné.   20 fr.
Aux armes de Marie-Sophie Colbert de Seignelay, duchesse de Montmorency-Luxembourg.

3124. Montlosier (Comte de). De la Monarchie française depuis son établissement jusqu'à nos jours, ou recherches sur les anciennes institutions françaises, leur progrès, leur décadence. *Paris, Nicolle,* 1814-1815 ; 2 vol. in-8, demi-rel. bas. rouge.   6 fr.

3125. Monville. Mémoires. *Utrecht. P. Kerseck,* 1742; in-12, vélin. 5 fr.

3126. Morale (La) des Sens, ou l'homme du siècle, extrait des mémoires de M. le chevalier de Bar***. Rédigés par M. M... de M. *Londres (Paris),* 1792; in-12, vélin (*Pouillet*).   20 fr.
Ouvrage galant dont l'auteur est resté inconnu. Il a été attribué par certains à Mirabeau.

3127. Morice (Dom Pierre-Hyacinthe) et dom **Taillandier**. Histoire ecclesiastique et civile de Bretagne. *Paris, Delaguette,* 1750-1756 ; 2 vol. — Mémoires pour servir de preuves à l'histoire de Bretagne. *Paris, Osmond,* 1742-1746 ; 3 vol. Ens. 5 vol. in-fol., front., mar. rouge, dos orné, fil., tr. dor. (*Rel. anc.*).   600 fr.
Rare ouvrage très recherché, surtout à cause des preuves qui présentent une infinité de pièces curieuses. — Très bel exemplaire.

3128. Mortonval. Histoire de la guerre de Russie, ornée de portraits, plans et cartes. *Paris, A. Dupont,* 1828 ; 2 vol. pet. in-12, demi-rel. mar. brun, dos orné, *non rognés.* 7 fr.

Cartes en couleurs.

3129. Nettement (Alfred). Histoire de la Conquête d'Alger, écrite sur des documents inédits et authentiques, suivie du tableau de la conquête de l'Algérie. *Paris, Lecoffre,* 1856 ; in-8, cartes, demi-rel. chagr. vert. 4 fr.

3130. Office (L') de la Semaine sainte, corrigé de nouveau. *Paris, Anthoine Ruette,* 1644 ; in-8, mar. vert olive, dos orné, comp. au pointillé, tr. dor. *(Rel. anc.).* 800 fr.

Exemplaire aux armes et au chiffre du jeune roi LOUIS XIV.

Sa superbe reliure exécutée par *Ant. Ruette,* offre par la gracieuse combinaison de filets courbes et de volutes au pointillé, un des plus parfaits spécimens de la décoration du livre au XVII' siècle.

3131. Office (L') de la quinzaine de Pasques, extrait du Bréviaire de Paris. *Paris,* 1737 ; in-12, mar. vert, dos orné, dent., tr. dor. *(Rel. anc.).* 10 fr.

Aux armes de VINTIMILLE DU LUC, archevêque de Paris.

3132. Ogée. Dictionnaire historique et géographique, de la province de Bretagne. *Nantes, Vatar,* 1778-1780 ; 4 vol. in-4, bas. 25 fr.

10 cartes.

3133. Onnée (Jules). Faits et gestes de la Légion bretonne pendant la campagne 1870-71. *Paris, Blériot,* 1872 ; in-8, portr., br. 2 fr.

3134. Orloff (comte). Voyage dans une partie de la France, ou lettres descriptives et historiques adressées à Madame la comtesse de Strogonoff. *Paris, Bossange,* 1824; 3 vol. in-8, demi-rel. veau fauve. 10 fr.

3135. Pailleron (Édouard). La Souris, comédie en trois actes. *Paris, Calmann Lévy,* 1888 ; in-8, cart., *non rogné (Fechoz).* 8 fr.

ÉDITION ORIGINALE. Couverture conservée.

3136. Palatine (La princesse). Fragmens de lettres originales de Madame Charlotte-Elizabeth de Bavière, veuve de Monsieur, écrites à S. A. S. Mgr. Antoine-Ulric de B. W. et à la princesse de Galles de 1715 à 1720. *Hambourg et Paris,*

1788 ; 2 vol. in-12, demi-rel. chagr. rouge. 8 fr.

3137. Parent-Duchatelet. De la Prostitution dans la ville de Paris considérée sous le rapport de l'hygiène publique, de la morale et de l'administration ; ouvrage appuyé de documents statistiques puisés dans les archives de la préfecture de police avec cartes et tableaux. Précédé d'une notice historique sur la vie et les ouvrages de l'auteur, par Fr. Leuret. *Paris, J.-B. Baillière,* 1836 ; 2 vol. in-8, demi-rel. veau. 15 fr.

Ouvrage important pour l'histoire des mœurs parisiennes.

3138. Paris. Histoire générale de Paris , collection de documents. *Paris, impr. impériale [et nationale],* 1866-1893 ; 33 vol. in-4, cart. 300 fr.

Introduction, 1 vol. — Paris et ses historiens aux XIV' et XV' siècles, 1 vol. — Anciennes bibliothèques de Paris, 3 vol. — Topographie du vieux Paris, région du Louvre et des Tuileries, 2 vol. — Cabinet des manuscrits de la bibliothèque nationale, 4 vol. — Plan de restitution, 1 vol. — Etienne Marcel, 1 vol. — Topographie du vieux Paris, région du bourg Saint-Germain, 1 vol. — Jetons de l'échevinage parisien, 1 vol. — Livre des métiers, d'Etienne Boileau, 1 vol. — Topographie du vieux Paris, région du faub. Saint-Germain, 1 vol. et 3 ff. de plans. — La Seine, 2 vol. — Registre des délibérations de l'Hôtel de Ville, 7 vol. — Topographie du vieux Paris, région occidentale de l'Université, 1 vol. et une planche. — Les Métiers de Paris, 2 vol. — Cartulaire de Paris, 1 vol. — Epitaphier du vieux Paris, 2 vol. — La Bastille, 1 vol.

3139. Paris. Histoire de la ville de Paris (par l'abbé Desfontaines , d'Auvigny et de La Barre). *Paris, Giffart,* 1735; 5 vol. in-12, veau 30 fr.

Ces 5 volumes sont un abrégé de l'histoire de Paris de Félibien.

3140. Paris. Essais historiques sur Paris, par G. Poullain de Saint-Foix. *Paris, Vve Duchesne,* 1776 ; 6 tomes en 3 vol. in-12, basane. 12 fr.

Ouvrage du plus haut intérêt historique, par les faits et coutumes qu'il rapporte. La fin du dernier volume est consacrée sous le titre de « Recueil de tout ce qu'on a écrit sur le prisonnier masqué » à la fameuse énigme du Masque de fer.

3141. Paris. Essais historiques sur Paris, pour faire suite aux Essais de M. Poullain de Saint-Foix, par

Aug. Poullain de Saint-Foix. *Paris, Debray et Lenoir,* 1805; 2 vol. in-8, portr., cart. 10 fr.

Auguste Poullain de Saint-Foix, auteur de ces Essais, était le neveu de Germain-François, auteur d'un autre ouvrage très connu portant le même titre et qui eut plusieurs éditions successives au milieu du XVIIIe siècle. (Voy. le n° précédent).

3142. **Paris**. Description historique de Paris et de ses plus beaux monuments, gravés en taille-douce par F.-N. Martinet pour servir d'introduction à l'histoire de Paris et de la France, par M. Béguillet. — Histoire de Paris, et description de ses plus beaux monuments, dessinés et gravés en taille-douce par F.-N. Martinet. Par M. P. (Poncelin de la Roche-Tilhac). *Paris,* 1779-1781. Ens. 3 vol. in-8, fig., veau racine, dos orné. dent. (*Rel. anc.*). 120 fr.

Bel ouvrage illustré par *Martinet* de 3 titres gravés, 2 frontispices, 10 planches (portraits et allégories), 3 en-têtes et 38 planches à 2 sujets chacune donnant des vues de monuments parisiens, principalement des collèges, portes, ponts, places, etc.

3143. **Paris**. Description de Paris et de ses édifices, avec un précis historique et des observations sur le caractère de leur architecture, et sur les principaux objets d'art et de curiosité qu'ils renferment, par J.-G. Legrand et C.-P. Landon. *Paris, Landon,* 1806-1809, 2 tomes en un vol. in-8, demi-rel. mar. rouge, dos orné, *non rogné.* 40 fr.

100 planches en taille-douce gravées d'après *Landon*.

3144. **Paris**. Monuments de la ville de Paris et autres places, recueillies sans texte. *Paris,* 1793; in-fol., demi-rel. 100 fr.

Sous ce titre manuscrit on a rassemblé 60 planches de *Silvestre, Chevotet, J. Marot,* la plupart éditées par *F. Chéreau,* représentant principalement des façades d'églises de Paris, on y voit aussi plusieurs planches comme le *Louvre,* les places, portes, fontaines et palais de la ville.
Les dernières planches, par *Silvestre,* se rapportent au château de Meudon.

3145. **Paris**. Vues des plus beaux édifices publics et particuliers de la ville de Paris, dessinées par Durand, Garbizza et Mopillé, architectes, et gravées par Janinet, J.-B. Chapuis, etc. *Paris, Esnauts et Rapilly,* s. d. (1810); 2 vol. pet. in-fol., demi-rel. basane. 200 fr.

Nouvelle édition beaucoup plus complète que celle parue vers 1787; elle comprend un titre et 88 planches gravées à la manière noire par *Janinet* et *Chapuis,* d'après les dessins de *Durand, Garbizza, Toussaint* et *Mopillé.*
Une suite de 8 planches représentant différents sites du jardin des Tuileries, dessinées et gravées par *Troll,* publiées par *Bance* vers 1795, a été ajouté à cet exemplaire qui est un des plus parfaits que l'on puisse rencontrer.

3146. **Paris**. Soixante vues des plus beaux palais, monuments et églises de Paris, cathédrales et châteaux de France, gravées par Couché fils, avec leurs explications tirées des meilleurs auteurs, par M. Lagier de Vaugelas. *Paris, Villequin, s. d.;* in-8, demi-rel. mar. vert. 35 fr.

Intéressantes vues de Paris du commencement de ce siècle.

3147. **Paris**. Paris qui s'en va et Paris qui vient, dessiné et gravé par Léopold Flameng. *Paris, A. Cadart,* 1859; pet. in-fol., demi-rel. dos et coins de mar. brun, *non rogné (Carayon).* 50 fr.

PREMIER TIRAGE SUR CHINE des 26 planches gravées à l'eau-forte par *Flameng.*

3148. **Paris**. Paris qui s'en va. Texte par Alfred Delvau, Th. Gautier, Ars. Houssaye, etc., etc. *Paris, Taride, s. d.;* in-fol., cart. toile rouge, tr. dor. 25 fr.

25 eaux-fortes par *Léopold Flameng,* dont quelques-unes sont différentes de l'édition précédente.

3149. **Paris**. Eaux-fortes sur le vieux Paris, par Gabriel Niel. (*Paris, s. d.*); in-fol. *en feuilles.* 80 fr.

10 planches AVANT LA LETTRE : l'hôtel des prévôts (2 vues); l'hôtel Lambert; le palais abbatial de Saint-Germain-des-Prés; maison rue du cloître des Bernardins; ancienne école de médecine : Cagnards de l'Hôtel-Dieu; le parvis N.-D., etc.: plus 2 pièces ajoutées : l'Hôtel-Dieu et salle des pas perdus du Palais de Justice après l'incendie de 1871.

3150. **Paris** dans sa splendeur. Monuments, vues, scènes historiques. Descriptions et histoire. Dessins et lithographies par Ph. Benoist, Eug. Ciceri, J. David, Fichot, Sabatier, etc. Texte par Audiganne, L. Enault, V. Fournel, Ed. Fournier, Le Roux de Lincy, Viollet-le-Duc, etc. *Paris, H. Charpentier,* 1861;

3 vol. in-fol., demi-rel. chagr. rouge, plats toile, tr. dor. 50 fr.

Nombreuses illustrations.

3151. Paris. Les Statues de l'Hôtel de Ville, par Georges Veyrat. *Paris, May et Motteroz*, 1892 ; in-8, *broché.* 4 fr.

Illustrations de *D. Caucaunier* et *Gaston Mauber*.

3152. Paris. Recueil contenant l'édit du roy, sur l'establissement de la Jurisdiction des Consuls en la ville de Paris : et les déclarations et arrests donnez en suite, pour autho-riser ladicte justice. *Paris, Rob. Ballard*, 1668 ; 2 parties en un vol. in-4, mar. rouge, dos et plats fleur-delisés, tr. dor. (*Rel. anc.*). 100 fr.

Exemplaire dans sa reliure originale, aux armes des CONSULS DE PARIS. On trouve dans la 2ᵉ partie de ce recueil la très intéressante nomenclature de tous les Juges-Consuls depuis leur érection en 1563 jusqu'en 1668. On y remarque, entre autres, le nom d'un Pocquelin, celui de Martin du Fresnoy, père du célèbre biblio-phile Elie du Fresnoy, etc.

3153. Paris. Recueil des chartes, créations et confirmations des colo-nels, capitaines, majors, officiers, albalestriers, archers, arquebusiers et fusiliers de la ville de Paris. Par M. Hay, colonel desdits gardes. *Paris, Desprez*, 1770 ; in-4, veau. 40 fr.

Portraits de Bignon, prévôt des mar-chands, et de Aug.-Eug. Hay, colonel des gardes ; 43 planches numérotées 1 à 44 (la 3ᵉ n'existant dans aucun exemplaire connu), gravées en taille-douce et représentant le costume et les différents exercices des gardes.

Exemplaire aux armes de la VILLE DE PARIS.

3154. Paris. Les Élections et les Cahiers de Paris en 1789. Docu-ments recueillis, mis en ordre et annotés par Ch.-L. Chassin. *Paris, Jouaust*, 1888-1889 ; 4 vol. gr. in-8, *brochés.* 16 fr.

Recueil de documents des plus impor-tants pour l'histoire parisienne au début de la Révolution.

3155. Paris. Recueil de pièces rela-tives à l'histoire politique de Paris pendant les années 1789 - 1790 ; 2 vol. in-8, demi-rel. bas. 18 fr.

Procès-verbaux de la Commune de Paris du 19 sept. au 22 octobre 1789, 17 pièces. — Arrêtés, proclamations. — Plan d'orga-nisation de l'assemblée des 300 représen-tants de la commune de Paris, par Prévost de Saint-Lucien ; — Idées d'un citoyen sur la municipalité, par Leblond de Saint-Martin ; — Rapports de Districts ; — Etc.

3156. Paris. Etat ou tableau de la Ville de Paris, considérée relative-ment au nécessaire, à l'utile, à l'agréable et à l'administration. Nouvelle édition, revue et corrigée. (Par Jeze, avec discours préliminaire, par Ch.-E. Pesselier). *Paris, Prault*, 1761 ; in-8, plan, veau. 8 fr.

Reliure fatiguée.

3157. Paris. Inventaire général des Œuvres d'art appartenant à la Ville de Paris, dressé par le service des Beaux-Arts. *Paris, impr. Chaix*, 1878-1889 ; 9 vol. in-4, cart. toile. 50 fr.

Edifices civils, 2 vol. — Edifices reli-gieux, 4 vol. — Edifices des arrondisse-ments de Saint-Denis et de Sceaux, 2 vol. — Edifices divers, 1 vol.

3158. Paris historique, pittores-que et anecdotique. *Paris, Havard*, 1855 ; 12 vol. in-12, fig., br. 12 fr.

J. Lemer. Les Tuileries. — E. de la Bé-dollière. Le Panthéon. — Ch. Deslys. Le Jardin des plantes. — E. de Mirecourt. Le Mont-de-piété ; Les Nuits parisiennes ; Pa-ris la nuit. — B. Castineau. Le Carna-val. — A. de Bargemont. Les Halles. — M. Alhoy. Le Luxembourg. — L. Lurine. Le Palais-Royal. — B. Castineau. Le Père-Lachaise. — R. de Beauvoir. L'Opéra.

Illustrations par *J.-A. Beaucé* et *C. Fath*.

3159. Paris-Vivant par des hom-mes nouveaux. *Paris, G. de Gonet*, 1861 ; 17 vol. in-12, br. 15 fr.

La plume. — Le théâtre. — Le million. Le prêtre. — Le soldat. — Le génie. — Le pinceau, le crayon et le ciseau. — Le ma-riage. — La fille. — La République des lettres. — Le cheval. — Le trucqueur. — Le savant. — Un drame. — Le Grand Monde. — Retour de l'armée d'Italie. — Le Gandin.

3160. Paris ou le livre des cent-et-un. *Paris, Ladvocat*, 1831-1833 ; 12 vol. in-8, br. 40 fr.

Ouvrage rédigé par les écrivains les plus en renom de l'époque romantique : J. Ja-nin, Nodier, Ph. Chasles, Chateaubriand, Victor Hugo, Monnier, Gozlan, Eug. Sue, Planche, etc.

Cet exemplaire ne comprend que 12 vo-lumes sur les 15 dont il se compose.

3161. Paris. Documents relatifs aux Eaux de Paris. *Paris*, 1861 ; 2 vol. in-4, br. 6 fr.

12 planches : plans et profils.

3162. Paris. Plan de la ville et fau-bourg de Paris avec tous ses ac-croissemens et la nouvelle enceinte des barrières de cette capitale. *Pa-*

Achat de Bibliothèques

ris, *Mondhare et Jean*, 1790 ; une feuille in-plano, montée sur toile. 20 fr.

Plan très intéressant en ce qu'il donne la topographie de la capitale, à l'époque de la Révolution.

3163. Paris, Versailles et les provinces au XVIIIᵉ siècle. Anecdotes sur la vie privée de plusieurs ministres, évêques, magistrats, hommes de lettres et autres personnages connus sous les règnes de Louis XV et de Louis XVI, par un ancien officier aux gardes françaises (le marquis Dugast de Bois-Saint-Just). *Paris, Gosselin,* 1823 ; 3 vol. in-8, demi-rel. veau, *n. rognés.* 15 fr.

Ces anecdotes piquantes ont été revues par Mély-Janin. Le 3ᵉ volume est en édition originale à la date de 1817.

3164. Parnasse (Le) royal, ou les immortelles actions du très-chrestien et très-victorieux monarque Louis XIII sont publiées par les plus célèbres esprits de ce temps. *Paris, Sébastien Cramoisy,* 1635 ; in-4 réglé, vélin. 35 fr.

Recueil de poésies à la louange de Louis XIII et de Richelieu, par Boisrobert, Malherbe, Maynard, L'Estoille, Colletet, Godeau, Gournay, Porchères d'Arbaud, etc. — La seconde partie intitulée *Palmae regiae* est composée par des poésies latines dues à Laurin, Berthelot, Habert, Sirmond, Du May, Doni, etc.

3165. Parny (Evariste). La Guerre des Dieux anciens et modernes, poème en dix chants. *Paris, Didot, an VII* (1799) ; pet. in-12, mar. rouge jans., tr. dor. 10 fr.

3166. Pellassy de l'Ousle. Histoire du palais de Compiègne. Chronique du séjour des souverains dans ce palais écrite d'après les ordres de l'empereur. *Paris, impr. impériale,* 1862 ; gr. in-4, demi-rel. chagr. rouge, *non rogné.* 35 fr.

Jolies planches gravées en taille-douce et vignettes sur bois.

3167. Penhouet (de). Antiquités égyptiennes dans le département du Morbihan. *Vannes, Vᵛᵉ Mahé-Bizette,* 1812 ; pet. in-fol., cart. 12 fr.

Planches en taille-douce.

3168. Perier (J.-A.-N.). Fragments ethnologiques. Etudes sur les vestiges des peuples gaëlique et cymrique dans quelques contrées de l'Europe occidentale, etc. *Paris, V. Masson,* 1857 ; in-8, br. 5 fr.

3169. Perreciot (C.-J.). De l'Etat civil des personnes et de la condition des terres dans les Gaules, dès les temps celtiques jusqu'à la rédaction des coutumes. *Paris, Dumoulin,* 1851 ; 3 vol. in-8, br. 10 fr.

3170. Petite biographie Conventionnelle, ou tableau moral et raisonné des 749 députés qui composaient l'assemblée dite de la Convention (Par Ant.-Jos.-Raup de Bapstestein de Moulières). *Paris, A. Eymery,* 1816 ; in-12, front., demi-rel. veau fauve, dos orné. 5 fr.

3171. Petits Paris (Les) par les auteurs des mémoires de Bilboquet (Taxile Delord, Arnould Frémy et Edm. Texier). *Paris, Taride,* 1854 ; 25 vol. in-18, br. 25 fr.

Première série comprenant : Paris-boursier, comédien, journaliste, lorette, restaurant, bohème, grisette, gagne-petit, actrice, viveur, portière (mouillures), en voyage, en omnibus, étudiant, saltimbanque, médecin, propriétaire, mariage, avocat, un de plus, l'aubas, fumeur, rapin, étranger, à l'exposition.

3172. Pièces curieuses en suite de celles du sieur de S. Germain, contenant plusieurs pièces pour la deffence de la reyne mere du Roy tres chrestien Louys XIII et autres traitez d'Estat sur les affaires du temps, depuis l'an 1630 jusques à l'an 1643, par divers autheurs. *Sur la coppie imprimée à Anvers,* 1644 ; in-4, vélin. 25 fr.

3173. Pigault-Lebrun et **Victor Augier.** Voyage dans le Midi de la France. *Paris, Barba,* 1827 ; in-8. — Voyage à Madrid (août et septembre 1826) par Adolphe Blanqui. *Paris, Dondey-Dupré,* 1826 ; in-8. Ens. en un vol. in-8, demi-rel. chagr. brun. 5 fr.

Victor Augier, le collaborateur de Pigault-Lebrun, est le père d'Emile Augier, notre célèbre auteur dramatique.

3174. Pinchinat. Dictionnaire chronologique, historique, critique sur l'origine de l'Idolatrie, des sectes des Samaritains, des Juifs, des Hérésies, des Schismes, des Anti-Papes et de tous les principaux hérétiques. *Paris, Pralard,* 1736 ; in-4, veau brun. 8 fr.

3175. Pineau (Dʳ). Mémoire sur le danger des Inhumations précipitées, dans lequel on rapporte des observations de personnes enterrées et ouvertes vivantes. *Niort, P. Elies*, 1776 ; in-8, veau.   4 fr.

3176 **Pitou** (L.-A.). Toute la vérité au Roi sur des faits graves touchant l'honneur de la maison de Bourbon. *Paris, Pitou*, 1821 ; 2 vol. in-8, demi-rel. bas. bleue.   15 fr.

> Cet ouvrage est de Louis-Ange Pitou, popularisé depuis par Alexandre Dumas et Lecoq ; il réclame au roi Louis XVIII des sommes qu'il aurait avancées à ce monarque.
>
> Envoi d'auteur.

3177. **Pollnitz** (Baron de). Lettres et mémoires, contenant les observations qu'il a faites dans ses voyages, et le caractère des personnes qui composent les principales Cours de l'Europe. Troisième édition. *Amsterdam, Fr. Changuion*, 1737; 5 vol. in-12, front., veau.   10 fr.

3178. **Portefeuille** français pour l'an 1810, ou recueil d'épigrammes, madrigaux, fables, contes, et des plus jolies chansons qui ont paru en 1809. *Paris, Capelle*, 1810; in-12, front., br.   2 fr.

3179. **Portraits.** The Lenoir Collection of original French portraits at Stafford House. Autolithographed by lord Ronald Gower. *Published by Maclure et Macdonald, London*, 1874 ; in-fol., cart. toile rouge. 75 fr.

> 185 portraits (sur 136 feuillets) de princes et de personnages français des XVe, XVIe XVIIe et XVIIIe siècles.

3180. **Poullain du Parc.** La Coutume et la jurisprudence de Bretagne dans leur ordre naturel. *Rennes, Vve Vatar*, 1778 ; in-8, br. 5 fr.

3181. **Précis** des Opérations relatives à la navigation intérieure de la Bretagne. *Imprimé par ordre des Etats. A Rennes, N.-P. Vatar*, 1785 ; pet. in-fol., demi-rel. 12 fr.

3182. **Préo** (de). Les Héros de la Vendée, ou biographie des principaux chefs vendéens. *Tours, Mame*, 1841 ; in-8, br.   4 fr.

3183. **Prévost** (l'abbé). Le Philosophe anglais, ou histoire de Monsieur Cleveland, fils naturel de Cromwel, écrite par lui-même et traduite de l'anglois (composé par l'abbé Prévost). *Londres (Paris)*, 1777 ; 6 vol. in-12, veau marbr., fil., tr. marbr. (*Rel. anc.*)   15 fr.

> Figures de *Desrais*.

3184. **Prinsep** (James). Benares illustrated in a Series of drawings. *Calcutta, Baptist Mission Press*, 1831 ; in-fol., demi-rel. chagr. vert. 50 fr.

> 34 planches lithographiées, tirées sur Chine.

3185. **Prudhomme.** Histoire générale et impartiale des erreurs, des fautes et des crimes commis pendant la Révolution française (par L. Prudhomme). *Paris*, 1797 ; 6 vol. in-8, fig., demi-rel. bas., dos orné (*Rel. anc.*)   50 fr.

> Un des ouvrages les plus réputés sur la Révolution. Curieuses figures gravées sur cuivre.
> Très bel exemplaire.

3186. **Puységur** (Jacques de). Les Mémoires de messire Jacques de Chastenet, chevalier, seigneur de Puységur, colonel du régiment de Piedmont et lieut.-général des armées du roy. *Paris, Jombert*, 1747 ; 2 vol. in-12, portr., bas.   5 fr.

3187. **Racine** (Louis). La Religion, poème. *Paris, Coignard*, 1742; in-4, cart., *non rogné*.   15 fr.

> Bel exemplaire entièrement non rogné de l'ÉDITION ORIGINALE de ce poème.

3188. **Regis de l'Estourbeillon.** Les Familles françaises à Jersey pendant la révolution. *Nantes, Vincent Forest*, 1886 ; gr. in-8, br. 6 fr.

3189. **Reliure-écrin** de format petit in-12, en mar. vert olive, fil. au pointillé, doublé de mar. rouge, large dent. intérieure, tr. dor., fermoirs en argent (*Rel. anc.*) 900 fr.

> Ce joli bibelot, exécuté au début du XVIIIe siècle, a été formé par l'évidage des feuillets d'un véritable volume. Il dissimule, sous un couvercle à charnière, ornementé avec beaucoup de délicatesse par l'artiste doreur, un petit espace destiné sans doute, à recevoir les charmants billets parfumés des grandes dames de l'époque.
> Au fond de cette petite boîte se trouvent les armoiries de Françoise-Marie de Bourbon (Mlle de Blois), DUCHESSE D'ORLÉANS, fille du roi Louis XIV et de Madame de Montespan, femme du RÉGENT qu'elle avait épousé en 1692. Cette rare et illustre provenance rend cette petite curiosité tout à fait précieuse.

3190. **Rennes** et l'hôtel d'Armaillé pendant la Révolution. *Saint-Brieuc, Prud'homme*, 1857 ; in-8, br.   2 fr.

Achat de Bibliothèques

3191. **Réponse** d'un républicain français, au libelle de sir Francis d'Yvernois, naturalisé anglais, contre le premier consul de la République française, par l'auteur de la lettre d'un citoyen français à lord Grenville (Bertrand Barère). *Paris, an* 9 (1801); in-8, demi-rel. bas.   4 fr.

3192. **Richelieu.** Testament politique du cardinal duc de Richelieu, premier ministre de France sous le règne de Louis XIII. Huitième édition. *Amsterdam, Janssons à Waesberge*, 1738 ; 2 vol. in-12, veau fauve.   10 fr.

> Ouvrage dont l'authenticité a soulevé de nombreuses controverses. Voy. Quérard III, 421 et suiv.
> Exemplaire du duc de ROHAN-SOUBISE.

3193. **Richer** (Ed.). Voyage pittoresque dans le département de la Loire-inférieure. *Nantes, impr. de Mellinet - Malassis*, 1823 ; in-4, cart.   15 fr.

3194. **Rio** (A.-F.). La Petite Chouannerie ou histoire d'un collège breton sous l'Empire. *Paris, Olivier Fulgence*, 1842 ; in-8, br.   4 fr.

3195. **Rodenbach** (Georges). Musée de Béguines. *Paris, Charpentier*, 1894 ; in-8, cart., *non rogné*. 3 fr.

3196. **Rominaf,** traduit de l'arabe. *A Caca-Douillopolis l'an 75398241600000 des parfums* (*Valenciennes*, 1801) ; in-12, front., demi-rel. bas.   12 fr.

> Ouvrage composé par Hécart et tiré à très petit nombre.

3197. **Roques** (Joseph). Plantes usuelles, indigènes et exotiques, dessinées et coloriées d'après nature, avec la description de leurs caractères distinctifs et de leurs propriétés médicales. *Paris, Vve Hocquart*, 1809 ; 2 vol. in-4, cart. 80 fr.

> Ouvrage illustré de 133 planches renfermant 488 figures, très finement dessinées et coloriées. Légères piqûres de vers dans les marges.

3198. **Rosenzweig.** Répertoire archéologique du département du Morbihan. *Paris, impr. impériale*, 1863; in-4, br.   4 fr.

3199. **Roses** et rosiers par des horticulteurs et des amateurs de jardinage. *Paris, Donnaud, s. d. ;* in-4, br.   35 fr.

> Ouvrage enrichi de 48 planches en couleurs d'après *Maubert père*.

3200. **Rougeron de la Vallée** (Frédéric). Vie de Cambronne. *Nantes, Impr. Charpentier*, 1853; gr. in-8, portr., br.   5 fr.

3201. **Roujoux** (Baron de). Histoire pittoresque de l'Angleterre et de ses possessions dans les Indes, depuis les temps les plus reculés jusqu'à la réforme de 1832, par M. le baron de Roujoux. Publiée par MM. Alfred Mainguet et Alexandre Mure de Pelanne. *Paris*, 1834-1836 ; 3 vol. gr. in-8, veau fauve, dos orné, double rangée de fil., *non rognés*.   30 fr.

> Nombreuses gravures sur bois.

3202. **Rouillion-Petit.** Campagnes mémorables des Français en Egypte, en Italie, en Hollande, en Allemagne, en Prusse, en Pologne, en Espagne, en Russie, en Saxe, etc., ou histoire complète de toutes les opérations militaires de la France depuis l'expédition d'Egypte jusqu'au traité du 20 novembre 1815. *Paris*, 1817 ; 2 vol. in-fol. demi-rel. chagr. vert.   120 fr.

> 40 gravures par *C. Vernet* et *Swebach* et 100 portraits de personnages historiques.

3203. **Rousseau** (J.-J.). La Botanique de J.-J. Rousseau, ornée de soixante-cinq planches imprimées en couleurs d'après les peintures de P.-J. Redouté. *Paris, Delachaussée et Garnery*, 1805; in-fol., mar. rouge, dos orné, dent. et comp. de fil., tr. dor. (*Rel. anc.*).   120 fr.

> 65 belles planches gravées en taille-douce et imprimées en couleur.

3204. **Rousselin** (Alexandre). Vie de Lazare Hoche, général des armées de la République française. Seconde édition. *Paris, Buisson, an VI* (1799) ; 2 vol. in-8, demi-rel. dos et coins de veau fauve.   12 fr.

> Portrait et cartes en taille-douce.

3205. **Rozière** et **Chatel.** Table générale et méthodique des Mémoires contenus dans les recueils de l'Académie des Inscriptions et Belles - Lettres. *Paris, Durand*, 1856 ; in-4, *broché*.   15 fr.

3206. **Ruinetti** (Thomaso). Idea del buon Scrittore. Opera prima di Thomaso Ruinetti da Ravenna a beneficio de desiderosi d'imitare le

Et de Livres anciens et modernes

vere forme dello scrivere. Intagliata da Christof° Blanco l'anno 1619. (*Rome*) ; in-4 oblong, vélin. 70 fr.

> Ouvrage gravé en taille-douce par *C. Blanco* et *N. Borbonius,* comprenant un portrait de Ruinetti, et 40 planches (la 11ᵉ manque) de modèles d'écriture avec encadrements à la plume.

3207. **Saint-Albin** et **Darantin**. Palais de Saint-Cloud, résidence impériale. *Paris, Libr. centrale,* 1864 ; in-8, plan, cart., *non rogné*. 3 fr.

3208. **Saint-Allais**. Nobiliaire universel de France, ou recueil général des généalogies historiques des maisons nobles de ce royaume, par M. de Saint-Allais et par M. de la Chabeaussière. *Paris, Bachelin-Deflorenne,* 1872-1875 ; 20 vol. in-8, demi-rel. dos et coins de mar. rouge, tête dor., *non rognés.* 160 fr.

3209. **Saint-Pierre** (Bernardin de). Paul et Virginie (suivi de la Chaumière Indienne). *Paris, L. Curmer,* 1838 ; gr. in-8, portr. et fig., mar. vert, dos orné, comp. de fil., tr. dor. (*Ginain*). 125 fr.

> Exemplaire très grand de marges, renfermant à la page 418, le rare portrait de la « *Bonne Femme* » (Mᵐᵉ Curmer), gravé par *Lavoignat.*

3210. **Saint-Valery-Seheult**. Le Génie et les grands secrets de l'Architecture historique. *Paris, Janet et Cotelle,* 1813 ; in-4, br. 6 fr.

> 5 planches en taille-douce.

3211. **Saxe** (La) galante. Nouvelle édition. (Par le baron Charles Louis de Poellnitz.) *Amsterdam, aux dépens de la compagnie,* 1763 ; in-8, veau marbr., dos orné, fil., tête dor., *non rogné.* 20 fr.

> Bel exemplaire.

3212. **Scarron**. L'Héritier ridicule, ou la dame intéressée comédie. *Paris, T. Quinet,* 1650 ; in-4, dérelié. 4 fr.

3213. **Scarron**. Œuvres de Monsieur Scarron. *Paris, David,* 1730-1731 ; 2 vol. in-8, veau fauve, dos orné (*Rel. anc.*). 10 fr.

> Exemplaire aux armes de FROULLAY DE TESSÉ, évêque du Mans.

3214. **Scheffer**. Histoire de la Laponie, sa description, l'origine, les mœurs, la manière de vivre de ses habitants, leur religion, leur magie et les choses rares du pays, avec plusieurs additions et augmentations fort curieuses qui jusques-icy n'ont pas été imprimées, traduites du latin de M. J. Scheffer, par L. P. A. L. (le P. Augustin Lubin, géographe de Sa Majesté). *Paris, Veuve Olivier de Varennes,* 1678 ; in 4, veau. 12 fr.

> Cartes et planches gravées sur cuivre.

3215. **Schlegel** (G.). Uranographie chinoise ou preuves directes que l'astronomie primitive est originaire de la Chine et qu'elle a été empruntée par les anciens peuples orientaux à la sphère chinoise. *Leyde,* 1875 ; 2 vol. gr. in-8, br. 15 fr.

> Manque l'atlas.

3216. **Scott** (Walter). Œuvres complètes de sir Walter Scott. *Paris, Ch. Gosselin et Sautelet,* 1828-1833 ; 84 vol. in-12, veau brun, tr. marbr. 180 fr.

> Traduction de Defauconpret.
> Figures et vignettes de *Desenne, Eug. Lamy* et *Tony Johannot.*

3217. **Scott** (Walter) illustré. *Paris, Firmin Didot,* 1882-1892 ; 10 vol. gr. in-8, br. Chaque volume. 6 fr.

> L'Antiquaire. — Waverley. — Le dernier des Mohicans. — Le Monastère. — La Prison d'Edimbourg. — La Fiancée de Lammermoor. — Woodstock. — Le Pirate. — Peveril du Pic. — Richard en Palestine.
> Belles illustrations sur bois.

3218. **Scribe** et **Potron**. Feu Lionel ou qui vivra, verra. Comédie en trois actes. *Paris, Michel Lévy,* 1858 ; in-12, br. 2 fr.

3219. **Septfontaines**. L'Année mondaine. 1889. *Paris, Firmin Didot, s. d. ;* in-12, br. 3 fr.

> Septfontaines est le pseudonyme du comte Ducos.

3220. **Seruzier** (le colonel). Mémoires militaires du baron Seruzier, colonel d'artillerie légère (1763-1823). Mis en ordre et rédigés par Lemiere de Corvey. *Paris, Baudouin, s. d. ;* in-8, br. 4 fr.

3221. **Shakespeare**. Œuvres complètes, traduites par François-Victor Hugo. *Paris, Pagnerre,* 1865-1866 ; 18 vol. in-8, br. 35 fr.

3222. **Shaw**. Voyages de Mons. Shaw, M. D., dans plusieurs provinces de la Barbarie et du Levant, contenant des observations géographiques, physiques, philologiques et mêlées sur les royaumes d'Alger et de Tunis, sur la Syrie, l'Egypte et l'Arabie pétrée. *La Haye, J. Neaulme*, 1743 ; 2 tomes en 1 vol. in-4, demi-rel. bas.   10 fr.

Cartes en taille-douce.

3223. Shepherd (Thomas). London and its Environs in the XIXthe century, illustrated by a serie of Viewes from original drawings. *London, Jones*, 1829 ; in-4, demi-rel. mar. brun, *non rogné*.   40 fr.

190 vues de Londres gravées sur acier.

3224. Silvestre (Armand). Le Conte de l'Archer. *Paris, Lahure*, 1883 ; in-8, br.   8 fr.

Edition des plus artistiques, illustrée de très jolies figures en couleurs de A. Pairson. Couverture conservée.

3225. Simon (Henry). Armorial général de l'Empire français, contenant les armes de S. M. l'Empereur et Roi, des Princes de sa famille, des grands dignitaires, princes, ducs, comtes, barons, chevaliers et celles des villes de 1re, 2e et 3e classes, par Henry Simon, graveur du cabinet de S. M. *Paris, l'auteur*, 1812 ; in-fol., mar. vert, dos orné, ornem. sur les plats avec croix d'honneur au centre, doublé de moire, tr. dor.   150 fr.

Tome premier seul avec 70 planches en taille-douce.

3226. Simon (Jules). Une Académie sous le Directoire. *Paris, Calmann Lévy*, 1885 ; in-8, cart., *non rogné*.   5 fr.

ÉDITION ORIGINALE.

3227. Simon (Jules). Souvenirs du 4 septembre. Le Gouvernement de la Défense nationale. *Paris, Michel Lévy*, 1874 ; in-8, *broché*.   3 fr.

3228. Simon (Jules et Gustave). La Femme au vingtième siècle. *Paris, Calmann Lévy*, 1892 ; in-8, *broché*.   3 fr. 50

Faux-titre coupé.

3229. Sirènes (Les) ou discours sur leur forme et figure (par l'abbé Nicaise). *Paris, J. Anisson*, 1691 ; in-4, cart.   15 fr.

Cachet de la bibliothèque *Amanton* sur le titre.

3230. Siret (Adolphe). Dictionnaire historique des peintres de toutes les écoles depuis l'origine de la peinture jusqu'à nos jours. Deuxième édition revue et considérablement augmentée. *Bruxelles et Paris*, 1866 ; 12 livr. gr. in-8, br. 25 fr.

Manque la 10e livraison.

3231. Spectriana ou recueil d'histoires et aventures surprenantes, merveilleuses et remarquables des spectres, revenants, etc. *Paris, L'Ecrivain*, 1817 ; pet. in-12, br. 3 fr.

Frontispice colorié.

3232. Spon (J.). Recherches des antiquités et curiosités de la ville de Lyon, ancienne colonie des romains et capitale de la Gaule celtique. *Lyon, imp. de Jacques Faeton*, 1673 ; in-8, vélin.   25 fr.

Armoiries et figures en taille douce. Première édition de cet ouvrage rare et peu commun renfermant un « mémoire des principaux antiquaires et curieux de l'Europe. » Bel exemplaire.

3233. Stanley (Henry). Cinq années au Congo. 1879-1884. Voyages, explorations, fondation de l'Etat libre du Congo. Traduit par Gérard Harry. *Paris, Dreyfous, s. d.* (1885) ; gr. in-8, br.   10 fr.

120 gravures sur bois et 4 cartes en couleur.

3234. Stanley (H.-M.) Dans les Ténèbres de l'Afrique, recherche, délivrance et retraite d'Emin Pacha. *Paris, Hachette*, 1890 ; 2 vol. in-8, br.   12 fr.

150 gravures d'après les dessins de A. Forestier, Sydney Hall, Montbard, Riou, et 3 grandes cartes tirées en couleurs.

3235. Stendhal. (Henry Beyle). Mémoires d'un touriste par l'auteur de rouge et noir (Stendhal). *Paris, Dupont*, 1838 ; 2 vol. in-8, fig., demi-rel. chagr. vert. 15 fr.

3236. Stonehenge. The Dog in health and disease, comprising the various modes of breaking and using him for hunting, coursing, shosting, etc. *London, Longman*, 1859 ; pet. in-8, cart., *n. rog.* 5 fr.

Figures sur bois.

3237. Straszewicz (Joseph). Emilie Plater, sa vie et sa mort ; avec une préface de M. Ballanche. *Paris,*

1835 ; in-8, veau vert, dos orné, fil. tr. dor. 10 fr.

Ce livre est un des épisodes de l'insurrection polonaise de 1830. Joli portrait lithographié par Devéria.

3238. **Subligny**. La Fausse Clélie, histoire françoise, galante et comique. *Amsterdam, Jacques Wagenaar*, 1672; in-12, vélin à recouvrements, tr. dor. 6 fr.

Bel exemplaire.

3239. **Suchet**. Mémoires du maréchal Suchet, duc d'Albufera, sur ses campagnes en Espagne depuis 1808 jusqu'en 1814, écrits par lui-même. *Paris, Bossange*, 1828; 2 vol. in-8 br., et atlas in-fol. demi-rel. 50 fr.

PREMIÈRE ÉDITION de cet ouvrage intéressant et rare.

3240. **Susane** (Louis). Histoire de l'ancienne Infanterie française. Atlas de 151 planches renfermant la série complète, dessinée par Philipoteaux, des uniformes et des drapeaux des anciens corps de troupes à pied. *Paris, Corréard*, 1856 ; in-8, br. 40 fr.

Superbes épreuves très fraiches.

3241. **Sylphe** (Le), traduit de l'anglois (par Pierre Le Tourneur). *Genève et Paris, Méringot*, 1784; 2 tomes en un vol. in-12, bas. 5 fr.

Frontispice dessiné et gravé par *Ransonnette*.

3242. **Tableau** des Prisons de Paris, sous le règne de Robespierre (par Coissin). *Paris*, 1797 ; 2 tomes en un vol. in-8, front., bas. 10 fr.

Titre plus court.

3243. **Tableaux** généalogiques, notices et documents inédits au soutien du mémoire où il est fait mention de plusieurs familles établies à Vitré et paroisses environnantes aux XVe, XVIe, XVIIe et XVIIIe siècles (par Ed. Frain de la Gaulayrie). *Vitré, impr. Lécuyer*, 1889-1892 ; in-4, br. 15 fr.

4 premiers fascicules tirés à 150 exemplaires sur papier vergé.

3244. **Taine**. De l'Intelligence. *Paris, Hachette*, 1870; 2 vol. in-8, br. 10 fr.

3245. **Talbot** (Eugène). Histoire de la Littérature grecque. — Histoire de la Littérature romaine. *Paris,*

Alphonse Lemerre, 1881-1883 ; 2 vol. pet. in-12, br. 7 fr.

Exemplaire tiré sur PAPIER DE CHINE.

3246. **Tassin** et **Toustain**. Nouveau traité de Diplomatique par deux religieux bénédictins. *Paris, Desprez*, 1650-1665 ; 6 vol. in-4, veau. 160 fr.

Ouvrage rare et recherché, orné de nombreuses figures.

3247. **Teneirs**. THEATRUM PICTORIUM. Davidis Teniers Antverpiensis pictoris, in quo exhibentur, ipsius manu delineatæ ejusque cura in æs incisæ picturæ quas Ser^us Archidux in Pinacothecam suam Bruxellis collegit. *Antverpiæ, apud H. C. Verdussen*, 1658; in-fol., mar. rouge, dos orné, fil. à la Du Seuil, tr. dor. (*Chambolle-Duru*). 500 fr.

Frontispice gravé et 245 planches, par *Troyen*, *Boel*, *Vostermann* et autres. Très belles épreuves.

3248. **Ternisien d'Haudricourt.** Fastes de la Nation française et des puissances alliées, ou tableaux pittoresques gravés par d'habiles artistes, accompagnés d'un texte explicatif. *Paris*, 1807[-1813] ; 2 tomes en un vol. in-4, demi-rel. veau bleu, dos orné, *non rog.* 120 fr.

185 belles planches gravées en taille-douce d'après les dessins de *Laftte, Swebach, Duplessi-Bertaux* et autres, représentant les actes principaux des généraux et les traits d'héroïsme des soldats de la République et de l'Empire.

Exemplaire sur PAPIER VÉLIN.

3249. **Tessereau** (Abraham). Histoire chronologique de la grande Chancellerie de France, contenant son origine, l'estat de ses officiers, un recueil exact de leurs noms. *Paris, Pierre Emery*, 1710 ; 2 vol. in-fol., veau marbr., tr. rouge. (*Rel. anc.*). 25 fr.

3250. **Texier** (Edmond). Tableau de Paris. Ouvrage illustré de 1500 gravures d'après les dessins de Blanchard, Cham, Français, Gavarni, Grandville, Lami, Pauquet, H. Vernet, etc. *Paris, Paulin et Le Chevalier*, 1852-1853 ; 2 vol. pet. in-fol., br. 40 fr.

Couvertures illustrées. Ouvrage fort intéressant pour l'histoire humoristique des mœurs parisiennes.

3251. **Thibaudeau** (A.-C.). Mémoires sur la Convention et le

Directoire. *Paris, Baudouin,* 1824 ; 2 vol. — Mémoires sur le Consulat. 1799 à 1804. *Paris, Ponthieu,* 1827. Ens. 3 vol. in-8, br. 12 fr.

3252. Thiers (Ad.). Histoire de la Révolution française. *Paris, Furne,* 1854 ; 10 vol. in-8, br. 25 fr.

Figures et portraits sur acier.

3253. Thiers (Ad.). Histoire du Consulat et de l'Empire. *Paris, Paulin,* 1845-1869 ; 21 vol. in-8, portr., br. 50 fr.

Bel exemplaire très frais. Le tome 21· renferme la table analytique.

3254. Thiers (Ad.). Histoire de la Révolution. *Paris, Furne,* 1865 ; 2 vol. gr. in-8, demi-rel. chagr. vert. 10 fr.

Gravures sur bois d'après *Yan Dargent.*

3255. Thiers (Ad.). Histoire de l'Empire faisant suite à l'histoire du Consulat. *Paris, Lheureux,* 1865 ; 4 vol. gr. in-8 et atlas in-4, demi-rel. veau. 20 fr.

Figures gravées sur bois dans le texte et atlas de 66 planches.

3256. Thiers (Ad.). Histoire du Consulat. Edition illustrée de 70 dessins. *Paris, Lheureux,* 1865 ; gr. in-8. — Histoire de l'Empire faisant suite à l'histoire du Consulat. Edition illustrée de 280 dessins. *Paris, Lheureux,* 1865-1867 ; 4 vol. gr. in-8. Ens. 5 vol. gr. in-8 en livraisons. 15 fr.

Nombreuses figures gravées sur bois. Ouvrage publié à 35 fr.

3257. Thiers (Ad.). Suite complète de 100 figures par Tony Johannot et Scheffer pour illustrer l'Histoire de la Révolution ; in-8 *en feuilles.* 25 fr.

Tirage sur PAPIER DE CHINE monté.

3258. Thomas (Frédéric). Petites causes célèbres, *Paris, G. Havard,* 1855-1858 ; 36 fasc. in-12, br., couv. 25 fr.

Collection complète en 36 fascicules formant 3 volumes.

3259. Thou (J.-A. de). Mémoires de la vie de Jacques-Auguste de Thou, conseiller d'Etat et président à mortier au parlement de Paris. Première édition traduite du latin en françois. *Rotterdam, Reinier Leers (Rouen),* 1711 ; in-4, portr., veau. 15 fr.

Traduit par Jacques-Georges Le Petit. Les vers par Frédéric Costard.

3260. Traicté des Eunuques, dans lequel on explique toutes les différentes sortes d'eunuques, quel rang ils ont tenu, et quel cas on en a fait, etc., par M. D. (Ch. Ancillon). *S. l.,* 1707 ; in-12, veau. 8 fr.

La préface est signée C. d'Ollincan, anagramme de Charles Ancillon.

3261. Triboulet (Le). *Paris,* 1878-1885 ; 7 vol. in-4, demi-rel. chagr. rouge. 100 fr.

Journal politico-satirique.
Nombreuses et humoristiques illustrations.

3262. Valette (abbé). Sonnets sur les antiquités de la ville de Nismes ; avec des remarques historiques ; troisième édition augmentée d'une histoire de la ville de Nismes. *S. l.,* 1750 ; in-8, cart. 4 fr.

7 planches en taille-douce.

3263. Vasili (Cte Paul). La Société de Madrid. Edition augmentée de lettres inédites. *Paris, Nouvelle revue,* 1886 ; in-8, demi-rel. chagr. bleu, tête dor., *non rogné.* 5 fr.

Bel exemplaire.

3264. Vasili (Cte Paul). La Société de Paris. *Paris, Nouvelle Revue,* 1887 ; 2 vol. in-8, demi-rel. chagr. bleu, tête dor., *non rogné.* 10 fr.

Bel exemplaire à toutes marges.

3265. Vasili (Cte Paul). La Société de Saint-Pétersbourg. Edition augmentée de lettres inédites. *Paris, Nouvelle Revue,* 1886 ; in-8, demi-rel. dos et coins de mar. bleu, tête dor., *non rogné.* 8 fr.

Bel exemplaire.

3266. Vasili (Cte Paul). La Société de Vienne. Augmenté de lettres inédites. *Paris, Nouvelle Revue,* 1885 ; in-8, demi-rel. chagr. bleu, tête dor., *non rogné.* 5 fr.

Bel exemplaire.

3267. Velly, Villaret et **Garnier.** Histoire de France depuis l'établissement de la monarchie jusqu'à la mort de Louis XIV. *Paris, Saillant, Desaint et Nyon,* 1770-1786 ; 15 vol.

Et de Livres anciens et modernes

in-4, veau marbr., dos orné, fil., tr. marb. (*Rel. anc.*).   145 fr.

> Bel exemplaire illustré de 253 portraits de rois, princes et personnages célèbres, de 5 figures et d'une carte, gravés sur cuivre par *Ficquet, J.-G. Will, Aveline, Flipart, Basan, Duchange, Pelletier, Dupuis, Ravenet*, d'après *Ant. Boizot, Vertue* et la collection de Scriverius.

3268. **Vernet** (Carle). Campagne des Français sous le Consulat et l'Empire. Album de 52 batailles et 100 portraits des maréchaux, généraux et personnages les plus illustres de l'époque et le portrait de Napoléon Ier, accompagné d'un fac-similé de sa signature. *Paris, s. d.*; in-fol., cart. toile, tr. dor. 20 fr.

> Jolies planches en taille-douce.

3269. **Vertot** (abbé de). Histoire des chevaliers hospitaliers de S. Jean de Jérusalem, appelez depuis chevaliers de Rhodes, et aujourd'hui chevaliers de Malthe. Troisième édition. *Paris, Rolin fils*, 1737-1771 ; 7 vol. in-12, veau marbr. (*Rel. anc.*).   15 fr.

> Exemplaire aux armes de Henriette de Bethizy, princesse de LIGNE.

3270. **Veuillot** (Louis). Corbin et d'Aubecourt. *Paris, Lecoffre*, 1850 ; in-16, br.   3 fr.

> ÉDITION ORIGINALE.

3271. **Veyrat** (Georges). La Caricature à travers les siècles. *Paris, Ch. Mendel*, 1895 ; in-4, fig., br.   4 fr.

3272. **Vianne** (Ed.). Prairies et plantes fourragères. *Paris, Rothschild*, 1870 ; gr. in-8, br.   20 fr.

> Illustré de 170 vignettes.

3273. **Vie** d'Alexandre Ier, Empereur de Russie, suivie de notices sur les grands-ducs Constantin, Nicolas et Michel, par A.-C.-E. (A.-C. Egron). *Paris, F. Denn,* 1826 ; in-8, portr., demi-rel. mar. vert, *non rogné.*   5 fr.

3274. **Vie** du prince Potemkin, feld-maréchal au service de Russie sous le règne de Catherine II, rédigé d'après les meilleurs ouvrages allemands et français qui ont paru sur la Russie à cette époque. *Paris,*

Nicolle, 1808; in-8, veau racine, dos orné, dent. (*Rel. anc.*)   4 fr.

> Cet ouvrage est dû à Jeanne-Louise-Antoinette Pollier appelée Eléonore de Cérenville; revu par Tranchant de Laverne.

3275. **Villemot** (Auguste). La Vie à Paris. Chroniques du Figaro, précédées d'une étude sur l'esprit en France de notre époque. *Paris, M. Lévy*, 1858 ; 2 vol. in-8, cart., *non rognés.*   7 fr.

3276. **Vilmorin-Andrieux.** Les Plantes potagères, description et culture des principaux légumes des climats tempérés. *Paris*, 1883 ; in-8, fig., br.   8 fr.

3277. **Virmaître** (Charles). Paris-impur. *Paris, C. Dalou*, 1889 ; in-8, fig., cart., *non rogné.* 3 fr. 50

> Dessins d'*Auriol, Caranza, Choubrac, Le Natur, Le Petit* et *Vallet.*

3278. **Vivien de Saint-Martin.** L'Année Géographique. Revue annuelle des voyages de terre et de mer, ainsi que les explorations, missions, relations et publications diverses relatives aux sciences géographiques et ethnographiques. *Paris, Hachette*, 1863-1866 ; 4 vol. in-12, demi-rel. chagr. bleu. 8 fr.

> Première-quatrième années.

3279. **Voltaire.** La Henriade. Nouvelle édition. *A Paris, veuve Duchesne*, 1770 ; 2 vol. in-8, fig., mar. rouge, dos orné, fil., tr. dor. (*Chambolle-Duru*).   250 fr.

> Frontispice, titre gravé, 10 figures et 10 vignettes dessinées par *Eisen*, gravées par *de Longueil*. Exemplaire contenant le tirage à part des 10 vignettes et la suite des 11 figures de *Moreau*.

3280. **Vosmaer** (C.). Rembrandt Harmens van Rijn. Ses précurseurs et ses années d'apprentissage. *La Haye, Martinus Nijhoff*, 1863 ; in-8, br.   3 fr.

3281. **Voyage** autour du Monde, par la frégate du Roi la Boudeuse et la flûte l'Etoile en 1766, 1767, 1768 et 1769 (par Bougainville). *Paris, Saillant et Nyon*, 1771 ; in-4, demi-rel. veau marbr. tr. rouge.   8 fr.

> Cartes relevant la route parcourue par les navires, gravées en taille-douce.

Le Propriétaire-Gérant : THÉOPHILE BELIN.

CHATEAUDUN. — Imprimerie de la Société Typographique (*Téléphone*).